# 探偵★日暮旅人の壊れ物

山口幸三郎

Detective
Tabito Higurashi's
broken things.

Kouzaburou
Yamaguchi

目次



イラスト●煙楽
デザイン●T

探偵★

# 日暮旅人の壊れ物

山口幸三郎

Detective Tabito Higurashi's broken things.

Kouzaburou Yamaguchi

線香の煙が秋空に溶けて香る。晴天に恵まれたこの日、降り注ぐ陽光は厳しかった夏の日差しを忘れさせてしまうくらいに、適度に暖かだ。色づく木々の葉の匂《にお》いが涼風に乗ってやって来る。日暮旅人《ひぐらしたびと》は視界にそれらの感覚を映し込んだ後、ゆっくりと掌《てのひら》を合わせ、目を瞑《つむ》った。

両親のお墓参りである。

盆にも秋彼岸にも間に合わなかったが、ようやく来ることができた。本当ならば初夏の頃《ころ》にお参りするつもりでいたのだが、気が進まなかった。報告すべきことがたくさんあったのに。ずっと放っていた心苦しさもあったのに。しかし、どうしても両親の墓前に来ることが躊躇《ためら》われてしまったのだ。

これまでの人生を振り返って、思う。

なんと親不孝な生き方をしてきたのだろうかと。

それは十八年前、当時五歳だった旅人が誘拐されたことから始まった。

あらゆる拷問を受け、それら苦痛から逃れるためにすべての感覚を放棄した。同時に、愛すべき父と母を殺された。旅人は誘拐犯の顔を見たこの目だけは絶対に失うわけにいかないと強く願い、捨てたはずの感覚をすべて両目に宿すことに成功する。

そうして手にした奇蹟《きせき》が旅人を復讐《ふくしゅう》へと駆り立てていったのだ。

父と母を死に追いやった事件の真相を暴こうとして自ら人生を投げ打った。復讐心だけが生きる原動力だった、そのために極力他人と関わり合いを持つことを避けてきた。

親しい誰《だれ》かの存在が復讐心を薄れさせる気がしたから。

人生を投げ打つ覚悟を挫《くじ》かされる気がしたから。

そんな心変わりをとにかく恐れた。旅人が旅人であり続けるには親しい誰かは邪魔者にしかならなかった。子供のときにそのことを悟ってしまい、復讐を遂げるまでは安穏を求めてはならないと厳しく己を律した。辛《つら》くなかったと言えば嘘《うそ》になるが、その分人間関係で煩《わずら》う必要が無かったので、生きやすかった。しがらみに囚われることなく自由気ままに犯人を恨み続けるのは、楽だった。真相にまた一歩近づくたびに得も言われぬ快感を覚えるまでになり、そんな自分に陶酔した。

おかげでこの様である。苦笑を漏らして、旅人は目を開けた。

「僕は何をしていたんでしょうか」

墓石に向かって静かに問いかける。何をもって復讐が果たされるのか、そんなことすら考えていなかった自分は、一体何のために生きてきたのか。

「意味も目的も最初から曖昧《あいまい》だった。僕がこの目を手に入れたのは復讐のためだと言い聞かせて、言い訳にして、思考することを止めたんです。いずれ死ぬのだからと捨て鉢《ばち》に生きるのは楽でしたから」

後ろ向きに生きるのは、楽だ。

どうせ、と思えば何も期待しなくなり、心は傷つかない。

どうせ、いずれこの目は限界を迎えて何も見えなくなる。だから、復讐を終えたそのとき自決しようと決めていた。

「けれど、失敗しました。生きたいと思うようになったんです」

最初の、そして最大の原因は、百代灯衣《ももしろてい》の存在である。二年前、まだ三歳だった灯衣を預かり、今日まで一緒に暮らしてきた。身寄りがない者同士だ、どこか惹《ひ》かれ合うものがあったに違いない、旅人は灯衣を残して逝《い》くことが躊躇われた。深く関わりすぎたのだ。それを後悔していない自分の心境にも驚かされた。

「あの子に家族というものを教えられました。帰る場所が在るというだけでなぜか救われたような気がして。そんなこと、今まで思いもしなかったのに」

　しかし、自決を思い止まりはしなかった。灯衣の傍《かたわら》には雪路《ゆきじ》が居たし、当時行方不明だった灯衣の母・百代灯果《とうか》の存在も大きかった。旅人がいなくなっても、悲しい思いをさせるだけで生きていけなくなるわけじゃない。

「ユキジも、そうだ。考えてみれば、僕が探偵をしていられるのも、灯衣と暮らせるようになったのも、すべてユキジのおかげなんです。僕の最高のパートナーです」

　ずっと同年代の友達がいなかったから、雪路雅彦《まさひこ》の存在はとても大きかった。友達というよりも兄弟の感覚に近いだろうか。「アニキ」と呼んで慕ってくる金髪頭はどこか憎めなくて、可愛げがあって、本当の弟みたいに思えたこともある。

「他にもいっぱい、多くの人に支えられています」

　周りのすべてが旅人を生かそうと優しさを伝えてくる。

　それなのに、……それでも旅人は死にたがった。

「僕は薄情者です。結局自分のことしか考えていない。今だってそうだ。誰かに寄り添うことがすごく怖い。きっと傷つくのが怖いんです。こんなにも臆病《おくびょう》だったなんて初めて知りました」

　生きることがこんなにも辛いだなんて、初めて知った。

　誰かと関わり、交じり合い、絆《きずな》を芽生えさせ、生きる糧《かて》に変えていく。そうやって人は日々を送る。これこそが普通の人間の営みなのだ。生きるとはそういうことだ。それで『普通』なのだ。

なんて難しくて、なんて尊いんだろう。

「僕には荷が重過ぎます」

誰かにとっての特別でありたいだなんて。

過ぎた願いだ。

「旅人さん」

声が掛かる。視界には心地良い響きを含んだ『声』が視《み》えた。振り返ると、山川陽《やまかわよう》子《こ》が供花《くげ》を手にこちらを見つめていた。

「いっぱいお話できましたか？」

優しい笑顔を湛《たた》えていた。場所を譲ると、陽子は墓前に供花を飾り、腰を折って手を合わせた。墓掃除をした後、陽子は花を買いに行くことを口実にして席を外してくれたのだ。

旅人が用意した白菊に淡いグリーンカーネーションが色よく映えた。

「おかげさまで。すみません、気を遣わせてしまいましたね」

「そんな。私はただの付き添いですから気にしないでください。お父様もお母様も旅人さんに会いたかったでしょうし。せっかくの親子水入らずですもの、お邪魔するわけにいきません」

それに、と陽子は少しだけ神妙そうに言った。

「私も旅人さんのご両親にご挨拶《あいさつ》できてとっても嬉《うれ》しいんです。だから、連れて来てくださってありがとうございます」

その一言で、無理を言って連れてきた後ろめたさが和らいだ。

どうしても彼女のことを父と母に紹介したかった。今の自分があるのは彼女のおかげだと報告したかったのだ。もしかすると幼い頃の陽子と面識があったかもしれない両親は、今、どんな顔をしていることだろう。驚いているだろうか。それとも、やっぱり、と微笑《ほほえ》んでくれているだろうか。この目を用いても死者の魂までは視つけ出せない。けれど、柔らかくそよぐ風に髪を撫《な》でられて、感覚の無い旅人にはそこに大きな掌が視えた気がした。

「……」

安心しましたか、お父さん。お母さん。

こんな駄目な僕にも心を開いてくれる。いつも傍《そば》にいますと言ってくれる。

大切な人を見つけました。

「今度はテイとユキジも連れて来ますね」

柄杓《ひしゃく》を手桶《ておけ》に入れ、霊園から借りた掃除道具一式も一緒に両手で持つ。すると、陽子が半分を受け持ち、「行きましょう!」と空いた手を繋《つな》いだ。

きっと温かくて柔らかい彼女の手を見つめて、ほのかに頬《ほお》を赤らめたその横顔を眺めて、感傷的になった自分を励まそうとしてくれる心遣いを感じ取る。

旅人に欠けたモノを補ってくれるのはいつも彼女だった。感覚も思い出も感情も、人間らしい事柄はすべて彼女が与えてくれた。気づかせてくれた。寄り添うことの温もりも。分け合うことの慈しみも。触れ合うことの喜びも。そして、失うことの恐怖さえも。

生きることがこんなにも辛いだなんて、知らなかった。

愛しさを知れば知るほど、心は臆病になっていく。

もう取り返しがつきそうにない。

見つめるたびに『愛』が形を変えていく。

# 箱の中

両親が亡くなった後、少年は祖父母の家に預けられることになった。

父方の祖父母は優しい人たちですぐに温かく迎え入れてくれたが、当時五歳だった少年を育てるには高齢すぎて心許《こころもと》なかった。親族中が反対をし、結局少年は祖父母の家には三ヶ月と留まらず他の親戚《しんせき》の家に引き取られた。祖父母が大好きだった少年にとってその決定はあまりにも辛いものだった。

親戚の家々をたらい回しにされた。歓迎してくれる家庭もあれば、お荷物を押しつけられたと不快感を露わにしてくる家庭もあり、しかしそれらは極めて稀《まれ》な例で、大半は他人を住まわせるようなよそよそしさで接してきた。

仕方のないことである。子供を一人養育するだけでも大変なことなのだ、それ以上を求めるのは贅沢《ぜいたく》が過ぎるだろう。いや、そもそも中途半端な家族ごっこは互いを疲《ひ》弊《へい》させるだけと知っていた。少年も里親も、苦しむくらいならば距離を置こうと暗黙の内に了承し合っていたのかもしれない。誰にとっても都合の良い共同生活。少年はそんな家庭環境の上で育っていく。

不気味なほど波風を立たせない暮らしは、徐々に少年の心を歪《ゆが》めていった。

里親やその家族が少年に踏み込まないのは、両親を亡くした不幸に気後れしたというこどもあるが、それ以上に少年の雰囲気に気圧《けお》されていたからだ。

あの目。

あの、深い哀しみを内包した、不可思議な目。

まるで何もかもを見通しているかのようなその目に相対する人間はわずかにでも息を呑《の》む。関われば心を見透かされる、そんな不穏さを感じ取ってしまう。

また、少年の表情も見る者にプレッシャーを与えた。すべてに絶望し、諦《あきら》めてしまったような暗い顔。稀に見せる無表情よりも空虚な笑みは、痛々しくて、空々しくて、他人を寄せ付けなかった。物を落として失敗しても笑い、転んで怪我をしても笑う。

不感症めいた言動の裏にどのような感情があったのか、仮初《かりそ》めの家族たちはしかし、恐れをなして暴こうとさえしなかった。

少年の心を開かせることも、少年に心を開くことも、彼らはとうに放棄していた。

里親を交代するたびに一時的に祖父母の家に預けられた。その期間だけが少年にとって心休まる瞬間だった。

そんな少年の現状を憂《うれ》えた祖父は言う。

「その目と体質のせいで馴染《なじ》めないのはわかるよ。しかし、このまま誰ともわかり合わないつもりかい？　勇気を出して目のことを言ってみたらどうだい。きっとみんなわかってくれるさ」

祖父母は少年の目と体質に理解があった。孫の言うことを問答無用で信じてくれ、そこに嘘《うそ》が無いことも少年にはわかっていた。

他の人間とは違う。他の大多数の人間は少年を嘘吐き呼ばわりし、気味悪がって遠ざけようとする。おそらくその反応こそが普通なのだ。

世の中に善意は欠片ほどしかないのだと知った。

「誰も信用できないよ。顔を見ればわかるんだ。みんな、僕のことを嫌ってるって」

祖父は沈痛な面持ちで少年を見た。この子の傷はあまりにも深く、そして業《ごう》も深かった。見えないモノも視えるという少年の目は、おそらく見たくもないモノさえ気づかせるのだろう。他人を信じ切れというのは酷《こく》な話かもしれない。

「だがなあ、人間は一人では生きていけんよ。心から信じられる人が居て、その人の傍に居られることでようやく人は幸せになれるんだよ。それは恋人だったり、友人だったり、家族だったり、形は違うけれど生きていく上で大切な絆だ」

「僕にはおじいちゃんとおばあちゃんがいる。それで十分さ」

祖父母は顔を見合わせる。老い先短い彼らでは少年とともに生きていくことは不可能だ。このまま少年を残して逝くことが忍びなく、だからこそこうして諭しているのだが。

少年はそんなことさえも十分に理解していた。

「なら、一人でいい」

暗い笑みを湛《たた》えて、祖父母に向かって繰り返し、言う。

「一人でもいいんだ。僕は」

寂しそうに見つめてくる祖父母を、少年はその目に焼き付けた。


少年は中学二年生になった。

新しい居《い》候《そうろう》先《さき》でも気まずい空気に支配され、放課後は極力学校に居残るようにしていた。相変わらず彼の傍には誰も居ない。教室の自分の席でじっと机の一点を見つめていた。その目は他人を拒絶し、絶望を宿して淀《よど》んでいる。

「今にも死にそうな顔をしているわね。そんなんだとすぐに老け込んじゃうわよ？」

それでも、声を掛けてくる物好きが偶《たま》に居る。

やって来たのはその中学校の生徒会長で、一学年上の女生徒である。何かにつけていつも少年の傍に寄ってくる。不思議なことに、どこに居てもこの少女には見つかってしまうのだ。

少年は少女をつまらなげに一瞥《いちべつ》すると、すかさず腰を上げた。

「あ、待ちなさいったら！　今日は良い物持ってきたんだから」

少女が手にしていたのは一辺が三十センチほどの白い箱。プレゼント用のリボンに包まれたそれを差し出してきた。

「あげるわ！　遠慮せずに受け取りなさいって！」

少年は辟易《へきえき》する。少女はいつも何かしらの用意をしてきて、常にハイテンションで少年を振り回すのである。

「さあ、箱の中身は何でしょう！」

「……」

温度差は歴然。二人のやり取りは大抵こんなふうにして始まった。

＊　＊　＊

山川陽子は浮かれていた。

先週の日曜日から今日まで丸一週間、自然と口元がニタニタと歪み、気を引き締めた瞬間は数えるほどしかない。

「――山川、不気味。ごめん、お願いだから顔洗ってきて。そんでガム噛《か》んどきなさい。できればブラックなやつを」

保育園の同僚で先輩の小野智子《おのともこ》に言われた台詞である。――不気味とは何だ、不気味とは。まったく酷《ひど》い言い草である。陽子は智子先輩の顔を思い浮かべては憤慨し、次の瞬間にはへにゃっと相好を崩した。一人百面相で忙しい。

そんなに気を抜いていないと陽子本人は思っているが、無自覚で思い出し笑いを繰り出していたのだから自分では気づくはずもない。そして、陽子の名誉の為に言っておくと、思い出し笑いを繰り出すほどに浮かれてしまうのも、また仕方の無いことだった。

先週の日曜日のこと。旅人に誘われて少し遠出してきたのである。

旅人は花束を持っていて、何も聞かされていないうちは「デートか⁉　もしかしてデートなのか⁉」と内心で焦り、そわそわし、ドキドキしたのだけれども、旅人の表情がいつもよりどこか硬いことに気がつくと一転して不安になった。楽しいお出掛けでないことを悟り、目的地に着くまではしゃぐまいと心に決めた。

そして、辿《たど》り着いた場所は墓地だった。『日暮家』と彫られた墓石に花を添えている旅人を見守りながら、ああ、ここにご両親が眠っているんだ、って気づいた。お参りを終えた旅人はとても哀しげだったので、思わずその手を取っていた。一瞬後になって大胆なことを仕出かしたと思ったが、旅人は陽子の手を握り返して「ありがとう」と微笑んでくれた。

元気になってくれて良かったとか、ご両親のお墓参りに同行させてもらえたとか、いろいろ嬉しい思いもあったけれど、帰りの電車に乗るまでの間中ずっと手を繋いだままだったことがすごく、すごく、――。

「わあああ、わあああ、わあああ」

怒ったり笑ったりの百面相も、このように赤面することでピークを迎える。保育園の子供たちや智子先輩以外の保育士に体調を気遣われたのも無理はない。

いかんいかん。頰をばちんと平手で打つ。平常心、平常心。いつもの自分を意識して、旅人を必要以上に意識しない。それが今日の課題である。

お墓参り以来、一週間ぶりに事務所を訪れる陽子であった。半年前から通い続けた駅裏の猥雑《わいざつ》な歓楽街、そこかしこの怪しげな飲食店の呼び込みさんとすれ違いざま挨挨を交わす程度の面識を持ってしまったのは、もしかしたら悲しむべきことなのかもしれない。少なくとも両親が知ったら卒倒しそうだ。

そうしていつものように事務所が入った雑居ビルを目前にしたとき、ビルを見上げて佇《たたず》む一人の女性を見掛けた。

「……」

思わず見入ってしまったのは、その女性があまりにも綺麗《きれい》だったからだ。

長い黒髪に走る艶《つや》やかな光沢は、テレビCMで見るようなモデル並みに美しく、眩《まばゆ》いほどに日の光を弾いており、傷んだ箇所《かしょ》が無いみたいにさらさらと風に靡《なび》いている。首筋に纏《まと》わり付く髪を掻《か》き上げる仕草には色気があり、覗《のぞ》いた横顔は整っていて美人だ。ただ、全体的に憂いを帯びた雰囲気に生気が薄まっているみたいで、今にも消え入りそうにも見えた。色白で覇気《はき》が無いのもその要因だ。

人目を引くのに存在感が無い。

美人薄命という言葉がしっくりきそうね――、なんて、失礼なことをふと思いついてからぶんぶんと頭を振る。いくらなんでも薄命はないでしょ、と内省した。雰囲気からして本当に病人である可能性もあったからだ。陽子はこれ以上じろじろ見つめるのは不謹慎《ふきんしん》だと思い、さりげなさを意識しつつ女性の前を素通りした。

「あの」

エレベーターのボタンを押して待つ間に、女性から声を掛けられた。振り返り、正面から改めて見ると、ハッとするくらい美しい顔立ちをしていた。

「な、何でしょう」

自分よりも断然大人びた外見をしているのに、声は少女のように高くて弾んでいた。最初に抱いた印象とは異なり、女性は潑剌《はつらつ》とした、人懐っこい笑みを浮かべている。そのあまりの可憐《かれん》さに、同性でありながら思わずときめいてしまった。

女性は陽子の顔を覗き込むようにして接近し、親しげに尋ねてきた。

「ここに探偵社があるって聞いてきたんだけど、知ってます？」

陽子はなぜか思考が真っ白になって、慌てて質問の内容をおさらいする。

「ここって、……このビルに探偵事務所があるかどうか、ってことですか？」

そうそう、と女性は満足げに頷《うなず》いた。

このビルで探偵事務所といえば、日暮旅人が所長を務める『探し物探偵事務所』しかない。それどころか、この界隈《かいわい》に探偵事務所は今のところここだけのはずだ。

——それにしても、探偵社かあ。

改めて他人の口から聞かされると、本当に探偵なんだなあ、と感慨深い。だって、この事務所に依頼人が訪れたところなんて見たことがなかったから。最近では日暮家宅に遊びに来ている感覚で、仕事場にお邪魔しているという意識はまるでなかった。雪路が聞いたら激怒すること間違いなし。

　自分の軽率ぶりに今更ながら後ろめたさを覚えた陽子は、女性に対して営業スマイルを浮かべるのだった。

「事務所でしたら六階にありますよ。ご依頼ですか？」

「あれ？　もしかして探偵社の方なんですか？　職員？」

「ああ、いえ、私は探偵じゃないんですけれど。その、知り合いと言いますか」

「へー。あ、じゃあ、そこに行くんですか？　今から？」

　確認されて素直に頷いた。そのとき、背後でエレベーターの扉が開く音がした。陽子は無意識に振り返り、その直後ドンと背中を押されていた。女性にエレベーター内に押し込まれたのだ。唖然《あぜん》として言葉が出ない陽子に女性は花が咲いたような笑顔を向ける。

「良かった！　一人じゃなかなか入りづらかったから困っていたんです！　一緒に行きましょう！」

　陽子の手を取って喜んだ。あまりの喜びように陽子は戸惑うばかりだが、そういえば、と思い直す。

このビルの立地はいかがわしい歓楽街の中心で、テナントの多くは怪しげなお店を経営していた。極めつけは、目的地である探偵事務所の表札がビルの入り口に掛かっていないことである。一見《いちげん》さんお断り、と言わんばかりの隠れ具合から危ない臭いしかしてこない。若い女性がたった一人で立ち向かうには途方も無い勇気が要るのだと、遅まきながら気づくのだった。

半年前の自分もここに来ることを大層怖がっていたっけ。

随分慣れてしまったものだなあ、と躊躇《ちゅうちょ》している女性を前にして我が身を呆《あき》れ返る陽子であった。

「じゃあご一緒しましょうか」

『6』の階数ボタンを押して、扉を閉める。

密室に二人きりになって、女性は肩の力を抜いて一層華やかな笑顔を振りまいた。

「私、見生《けんじょう》美月《みつき》って言います！　こうして知り合ったのも何かの縁だわ！　よろしくお願いしますね！」

半ば強引に握手させられる。美月の迫力に圧された陽子は、やや引き気味に自己紹介をするのだった。

「私は今年で二十五よ。じゃあ、陽子ちゃんとは一コ違いだね。あっ、陽子ちゃんって呼ばせてもらうけど、いい？」

「あ、はい。いいですよ」

「私のことは美月ちゃんでもみーちゃんでもみっちーでもいいからね！」

「……じゃあ美月さんで」

　六階に降り立っても、美月は陽子に他愛のない自己紹介めいた世間話を振ってくる。美月のテンションはなぜか上がりっぱなしだ。

　外見こそ生気を感じられないくらい華奢《きゃしゃ》で儚《はかな》げなのに、中身は真逆で生き生きとしている。それがフリではなく地であることは彼女の自然な表情からわかった。人見知りしない朗《ほが》らかな性格から、きっと交友関係も広いに違いない。初対面の陽子に対しても壁を作らず、すでに旧友であるかのような接し方をする。大学時代からの先輩である小野智子先輩に似た感じはあるが、美月の方が物腰はしなやかだ。

　悩みとは無縁そうだなと直感的に思った。いや、悩まない人間なんて存在しないだろうけれど、彼女の場合、悩み事は自力で即座に解決しそうな気がする。気を沈ませて悩み続けるタイプじゃないというか。もちろん想像でしかないけれど。

そんな美月が何を解決させたくて探偵事務所を尋ねるのか、ちょっとだけ気になった。一体どんな探し物を依頼するのだろうか。部外者である陽子にその詳細を知る権利はないから、ヤキモキするばかりだ。

とはいえ、

「あ、あのっ」

「ん？　なあに？」

美月はキョトンとした表情で陽子の言葉を待つ。急かすのも悪い気はしたが、ここでずっと立ち話しているわけにもいくまい。

「中、入らなくていいんですか？」

「おっと」

忘れていたのか、おどけるように舌を出す。——あ、いや、これはわざとだ。理由はわからないが、これまでのお喋《しゃべ》りはどうやら時間稼ぎだったらしい。

「どうしたんですか？　中、入りづらいですか？」

「そんなことないよー。ただまあ、心の準備が」

「心の準備？」

胸に手を添えて深呼吸を繰り返す。意を決したように顔を上げた美月は、打って変わって落ち着き払っている。

「ふー、さて、行きますか」

ドアノブに手を掛ける。中に入っていく美月の背中を見つめながら、ふと、饒舌《じょうぜつ》だったのは緊張を隠すためだったのかな、と思った。空《から》元気というか、どことなく空々しさが彼女の言動にはあったのだ。もしかすると探偵に依頼することに気後れしているのかしら。

相変わらず来客に対する配慮に欠けた事務所である。入ってすぐの応接間に雪路や旅人が控えていた例しはなく、呼び出しボタンの類も無く、来客を告げるベルが鳴るわけでもないので、訪問客は必ずここで途方に暮れることになるだろう。商売をする気があるのやらないのやら、改めて考えてみてもやっぱりわからない。

「私、呼んで来ますね」

応接間に美月を残し、奥のリビングに向かう。一度ノックして中に入ると、リビングには人っ子ひとりいなかった。鍵は開いていたから留守というわけじゃないだろうけど。偶々席を外している最中なのかもしれない。

それにしても、

「……うーん、見事に散らかしてくれたなあ」

前に来たときも灯衣と一緒に掃除をしたものだが、今回は今までで一番ひどい有様だ。

床には洗濯物の山と脱ぎっぱなしの洋服、雑誌やお菓子の袋、灯衣の私物と思われる髪留めや化粧品(!?)などが散乱していた。ここまでは、まあ、いつものことと諦めるが、それ以外にもテーブルの食器は片付けられていなかったり、珍しいことにパソコンが置かれた執務机の上も重厚な本が山となって積み上がっていたりもした。執務机は雪路君の領域だったはずだ、見かけによらず神経質な彼が散らかしっぱなしで放っておくとは思えない。そもそも、散らかす以前に必要最低限しか持ち出さない細かさもあるので、あの積み上がった本は別の誰かの仕業だろう。

本の背表紙を見てみると、あらゆるジャンルの美術本であることがわかる。絵画、彫刻、陶器、マニアックな玩具の資料集など様々だ。あるいは建築に関する専門書も紛れてあった。あちこちのページの隙間《すきま》から付箋《ふせん》がはみ出しており、相当熟読しているようである。今開いて置かれているのは日本画の美術本で、菱川師宣《ひしかわもろのぶ》の浮世絵の解説が載っていた。

勉強していたのが旅人であることは間違いないとして、しかしそれを意外に思ってしまう。いつも自然体な旅人が、陰でこういった努力をしていたとしても、それを表に出したことは今までなかったからだ。隙とか弱い部分を見せたがらず、誰に対しても壁を作ってきたというのに。

生活感や人間味が表れていて、良い傾向だとは思うけど。

――なんだか最近、旅人さん変わってきた？

チクリと胸に痛みが走り、「？」陽子は首を傾げた。なぜか焦燥感を覚え、そう感じてしまったことに戸惑う。まるで見てはいけないものを見たような居心地の悪さだ。

「……ううん。気のせいよね」

何を不安に思うことがあるんだ。悪いことのはずないじゃない。陽子は今にも崩れ落ちそうな本の山を少しだけ整理することで気を紛らわした。

背後で扉が開き、旅人が辞書を手に自室から出てきた。視線は辞書に釘付《くぎづ》けで陽子の存在に気づいていない。リビングに入ってからようやく顔を上げた。

陽子を認めると、とても嬉しそうに目を細めて、笑った。

「ああ、いらしてたんですか」

その無邪気な仕草に陽子の頬も赤くなる。

「お、お邪魔してます。あ！　ごめんなさい、勝手に入っちゃって！」

頭を下げた瞬間、おや？　と何やら見慣れぬモノを見たような気がした。

「謝るのは僕の方です。今日いらしてくださることを知っていたのにお出迎えもできなかったんですから。お待たせしてしまいましたよね？」

「……」

「？　どうかしましたか？」

旅人は不思議そうに首を傾げるが、不思議と言えば旅人の顔にある。いや、不思議なんかじゃ生温い、激震が走ったくらいの衝撃だった。

旅人が眼鏡を掛けていた。

細長のフレームのせいか、いつもより六割増しで知的に見えて思わず見惚《みと》れてしまったけれども、いやいや、そんなことよりも！

「た、た、旅人さん！　それ⁉　え、え、えええ⁉」

旅人が！　眼鏡を！　掛けている⁉

慌てふためく陽子を、旅人はキョトンと見守った。突然背後から現われて、笑顔を向けられて、トドメに眼鏡なのだからこれくらいの混乱は当然だった。

「め、眼鏡⁉　眼鏡掛けてます！」

指摘された旅人は「ああこれ」とフレームを持ち上げた。陽子とは対照的に暢気《のんき》な対応である。「どうでしょう？　似合ってますか？」って、それどころじゃない！

似合っているけれども！

「どうしたんですか⁉　も、も、もしかして目悪くなっちゃったんですか⁉」

そんな前兆はどこにも無かったのに。いや、それとも陽子が見落としていたのか。

旅人には聴覚、嗅覚《きゅうかく》、味覚、触覚の、いわゆる五感のうちの四つが欠落していた。代わりにすべての感覚を視覚で補っており、例えば音や匂い、味などの情報を可視化することで認識し、健常者と同じように振る舞えているのだ。

もちろん、その分目に掛かる負担も大きくなる。目の疲れはやがて高熱を出すことで体にも現れるが、しかしそれは目の健康を維持するために体が無理やり引き起こすものらしく、体調不良で倒れたとしてもさほど慌てることはない（高熱を出して倒れる様は正直心臓に悪いけれど）。

それよりも憂慮《ゆうりょ》すべきは視力の低下であった。

旅人の目は五感を一手に担っている。視力の低下はすなわち、五感すべての低下も意味しており、もしも失明しようものなら旅人は何も感じることのできない植物人間になってしまいかねないのだ。目が見えづらい、ただそれだけでも旅人にとっては死活問題。悠長《ゆうちょう》に構えている場合ではない。

「旅人さん⁉」

思わずその顔に両手を添えていた。

縋《すが》りつく陽子を、旅人は苦笑して押し留めた。

「大丈夫ですよ。別に視力が下がったとかそういうことじゃありませんから。これはパソコンの光から網膜《もうまく》を守る眼鏡らしくて、パソコンで調べ物をするときはなるべく掛けるようにとユキジから強く言われてるんです。最近は僕もよくパソコンを使うようになったので。どこまで効果があるかわかりませんけれど、気休め程度に」

「……本当に？　視力が下がったりとかは無いんですね？」

「はい。本当です。なんでしたらどうぞ掛けてみてください」

眼鏡を渡されたので覗き込む。陽子の視力は両方とも裸眼で一・五だが、レンズ越しでも視界はまるでブレない。度が入っていない眼鏡だった。

「良かった」

ほう、と息を吐く。勘違いで済んで本当に良かった。というか、まったく、人騒がせな。

けれど、実際に旅人の視力が下がったらどうすればいいんだろう。不意打ちだったとはいえ、いやだからこそ、もしものことを想定する必要があるなと陽子は思った。

「心配を掛けてしまったようですね。ごめんなさい」

陽子はハッとした。慌てていたとはいえ、旅人の懐に入り込んでしまっていた。もはや抱き合う一歩手前、見上げれば旅人の顔が至近距離にあり、陽子はぎこちなく一歩、二歩と後退した。

「こちらこそ、ごめんなさいでした」

不意に一週間前に手を繋いだ記憶が蘇《よみがえ》る。旅人を必要以上に意識しないという今日の課題はあっさりと失敗に終わった。火が出そうなくらい顔が熱い。

「あ、えっと、——と、ところで、今日は旅人さんだけですか？」

誤魔化すように話題を変えるが、気になっていたことでもある。

雪路が不在なのはよくあることだが、灯衣が休日に留守にするのは珍しい。特に陽子が訪問するときは必ずと言っていいほど旅人の傍に引っ付いていた。

「雪路はお仕事で出掛けています。灯衣はお友達のところです。二人とも夕方には帰ってくると思いますけど」

旅人は執務机に近づいていき、手にしていた辞書を山と積まれた美術本の上にぽんと置く。すると、奇跡的なバランスで直立していた本の山が呆気《あっけ》なく倒壊し、床にドサササッと崩れ落ちた。派手な音を立てたので思わず目を瞑ってしまった。触覚が無い彼の手は、当然重さも感じないので、度々物を雑に扱うことがある。目には『重さ』

が視えていても、触れるその手に感覚が無ければどんな物だって不器用にしか扱えない。

旅人は呆然《ぼうぜん》と跳び散らかった本達を見下ろし、深く重たい溜《た》め息を吐いた。

陽子に向き直り、提案する。

「お茶にしましょうか」

「いやいやいやいや」

諦めるのが早すぎる。旅人はもう手を施せばその分だけ散らかしてしまうことを理解していて、だから片付けようとしない。リビングの惨状がどうやって生み出され、どうして放置されているのか、その理由が垣間見えた瞬間だった。

「大切な本じゃないんですか？」

せめて折れ曲がりが起きないように開いて落ちた本を拾って、壁際に置き直す。

「仕事に必要だったので勉強していたんです。すべてユキジの実家から持ち込んだものです。ユキジに『あまり破くなよ』と忠告されていたので、なるべく持ち運ばずに一箇所にまとめておいたんですが」

それで執務机に山が出来たというわけか。雪路の忠告が破かれることを前提にしたものであるところに信用の無さが窺《うかが》える。

――やっぱり私が片付けないとだなあ。というか、今日も元々お掃除するためにやって来たんだし。この際だから先にやっつけちゃおう。

おっと。その前に。

「あの、旅人さん。実は応接間に――」

眼鏡騒動があったおかげで大切なことを忘れてしまっていた。腕まくりをしつつ旅人に来客があることを告げると、旅人は一瞬怪訝《けげん》な顔をした。

「依頼人……？　向こうの部屋に、ですか？」

「はい。エレベーターで一緒になって、そこまでお連れしたんですけれど……」

まずかっただろうか。旅人は驚いたみたいに固まって、応接間へと繋がる扉をじっと見つめている。もしかして今日は休業していたとか……。いやでも、事務所の扉にはちゃんと『ＯＰＥＮ』の札が掛かっていたと思うのだけれど。

なぜか戸惑っている旅人の視線の先で、扉がゆっくりと開かれた。

「あのう、今、大きな音がしませんでした？」

本が崩れた音を聞きつけたのだろう、恐る恐るリビングに入ってきた美月が、まず部屋の散らかり具合に眉《まゆ》を顰《ひそ》め、次いでこちらを向いて「あ」と声を漏らした。

「……」

旅人と美月は顔を合わせた瞬間、なぜか硬直した。それを若干不思議に思った陽子だが、固まる二人に挟まれて、なんとなく取り次ぎしないといけない雰囲気になり口を開いた。

「あの、旅人さん、こちらがその依頼人の方でして、」

「美月……先輩……」

遮るようにして、旅人は美月をそう呼んだ。

そして、美月もまた旅人に呼び掛ける。

「久しぶり。大きくなったね、旅ちゃん」

「……………………」

——先輩？　旅ちゃん……？

今度は陽子が固まる番だった。旅人は呆然と、美月は嬉しげな笑みを浮かべながら、互いを見つめ合っている。旅人の視界から、意識から、陽子の存在が遠退いていく。身動き一つ取れず、久しぶりの再会に思いを寄せる旅人の顔を見上げて押し黙る。

美月の弾んだ声に、陽子の体がびくりと震えた。

「やっと会えた！　旅ちゃん、会いたかった！」

＊

陽子がお茶を淹《い》れてテーブルに戻ると、そこにはニコニコ顔の美月といつもどおり穏やかな顔をした旅人が対面して座っていた。四人掛けのテーブルなので陽子が座れる席はどちらかの隣しかなかった。陽子は迷いながらも、灯衣の指定席、旅人の隣に腰を下ろした。

「改めまして自己紹介。私は見生美月。十年前、旅ちゃんとは同じ中学に通っていたんだ」

「一つ上の先輩なんです。当時、同じ部活に所属していて」

「同じ部活？」

旅人が部活？　そんなイメージは無かったから少しだけ違和感を覚える。

「美術部だったの。私が勧誘して。だけど、旅ちゃんはほとんど顔を出さない幽霊君だったな。世話の焼ける弟みたいで、私一人っ子なのにお姉ちゃんの気分を味わったわ」

美月は緑茶に軽く口を付けて、陽子に微笑みかける。その表情が「それ以上の関係じゃないから安心して」と言外に語っていた。見透かされていて、恥ずかしくなる。

――でも、そうか。それだけの関係なんだ。旅人とは旧知の間柄でしかもとびきりの美人
良かった、と内心で胸を撫で下ろす。旅人とは旧知の間柄でしかもとびきりの美人なのだから、正直、心穏やかにはいられなかった。

陽子も改めて素性を語り、旅人とは友人関係であることを（不承不承）強調した。

娘の灯衣が通う保育園で働いていることで縁が生まれたとも付け加えると、美月は驚いた。

「うわあ、吃驚《びっくり》。旅ちゃんが一児のパパだなんて。探偵していることも意外だったけど、変われば変わるものね」

「探偵していることが意外って、そんなに昔の旅人さんと雰囲気違うんですか？」

「うん。全然違う、吃驚しちゃった。当時は自分の殻《から》に閉じ籠《こ》もっちゃうような子だったのにね。今は、なんだか優しい顔になっちゃって。私ね、生徒会長もしていて、立場上ひとりぼっちの生徒は放っておけなかったんだけど、あの頃の旅ちゃんは刺々《とげとげ》しくて困ったもんだったなー」

刺々しい旅人というのは、確かに想像付かないけれど、五感が無く他人の心の機微を敏感に察してしまう体質を考えれば、あり得る話だと思った。両親を殺された心の

傷もあるのだ、現在真っ当に生きているだけでも奇蹟である。

「あ、それと私よりも背が低かったんだよ。これ、結構オドロキ？」

「えーっ⁉」

今の美月の身長は一六五センチ前後か。これよりもさらに低かったとすれば中学時代の旅人はおそらく一五〇センチ台だろう。現在一八〇台はあろう大きな旅人のちっちゃかった頃を想像してみると、——うわあ、すっごく可愛いかも……！

「でも、中身は捻《ひね》くれてたなー。全然素直じゃなくて、私が話しかけてもいっつも仏《ぶっ》頂面《ちょうづら》で無視してくれちゃってさー」

美月は当時を思い出してぷーと頰を膨らませる。結構あざとい仕草なのに、美月がやると嫌味にならず似合っているから羨《うらや》ましい。こちらもこちらで可愛らしく、きっと中学時代の美月も大層可憐だったはずだ。

旅人はそんな美月に苦笑いを浮かべ、静かに反論する。

「あれは先輩に問題がありました。僕に話し掛けるだけなのに、どうして落とし穴が用意されていたんですか？」

「…………へ？」

落とし穴？

「えー？　だってその方が喜んでくれるかとー」

唇に指を当てて拗《す》ねるポーズを取る美月に、旅人は溜め息を吐いた。

「他にも恋文を装って呼びつけたり、ドアの立て付けが悪い空き教室に押し込んで閉じ込めようとしたり、僕の名義で校長先生に果たし状を送りつけようとしたり。——まあ、全部未遂で終わりましたが」

……なんて子供じみたことを。しかも失敗しているのか。美月のことを知れば知るほど見た目との落差が際立っていく。こんなに残念な美人も珍しい。

「君の可愛くないところはね、そんなお茶目なイタズラを一目で見破って鼻で笑って通り過ぎていくところよ。何よ、私がどんなに気を遣ったかも知らないで！」

「僕を困らせて遊んでいただけでしょう。むしろ、僕は生徒会長のストレス発散に付き合っていたわけですから感謝して頂きたいくらいです」

「付き合ってなーい！　無視してたー！」

「本当に無視したかったら呼び出されてもついて行きませんよ」

その後も、美月が如何《いか》にイタズラ好きで周囲に迷惑を掛けていたか、呆れ顔で語る旅人であったが、これはこれで思い出話に花を咲かせていた。悪態を吐く様子は美月の言う刺々しかった頃の片鱗《へんりん》だろう、心まで幼くなった旅人はなんだか可愛くて新鮮で、けれど、同時に知らない一面を見せられたみたいで陽子としては少しばかり面白くない。

美月にしか見せない素顔。

美月としか共有できない思い出話。

……嫉妬心《しっとしん》が湧《わ》き上がる。同じテーブルに着いているのにこの疎外感は居たたまれない。さっきまで二人がただの先輩後輩の関係と聞いて安心していたのに、今度は醜い嫉妬までして。余裕の無い自分に嫌気が差す。

「それで、今日はどうされたんですか？」

「どうされた、って。何よー、用が無くちゃ来ちゃいけないのー？」

「そうは言いませんが……。たとえ十年ぶりでも先輩が用も無く僕に会いに来るとは思えなくて。昔の貴女《あなた》はこうと決めたこと以外には目もくれなかった。わざわざ僕を捜してこうして訪ねてきたくらいですからね、何かあると思うでしょう」

「んもう、可愛げないわねー。そういうところは全然変わってないんだから！」

言葉とは裏腹に美月はどこか嬉しそうだ。旅人の遠慮の無さに近い距離感を覚えたに違いない。陽子は敏感に感じ取っていた。

旅人の過去をもっと知りたい。

でも知ることで……、知らない旅人を知ることで……、陽子の知っている旅人がほんの一部分に過ぎないことを理解してしまう。それは何だか寂しく思えた。

人は立場や環境、接する人間によって人格を入れ替えられる。旅人だってそれは同じだ、陽子の知らない旅人の素顔なんていくらでもあるだろう。美月にしか見せない素顔はもっと他にも存在し、同じくらい美月には見せない素顔もある。陽子にしか見せない素顔もあるはずだ。

条件は同じなのに、それでも陽子は嫉妬してしまう。無遠慮に語り合える美月がすごく羨ましい。だって、自分なんかよりもすごく仲良しに見えるのだもの。

「まあね。用があるのは本当。必死で捜したわよ。そうしてようやく居場所を突き止めたというのに、この子はどうしてこんなに冷たいのかしらね？　お姉さん、寂しいわ。あ、もしかして彼女の前だからって邪険にしているのかしら？」

思わず旅人と顔を見合わせる。陽子の顔は見る見るうちに赤くなって、誤魔化したくてそっぽを向いた。旅人はしかし、平然としていた。

美月は「ふうん」とうわ言のように呟《つぶや》いた。

「ま、どうでもいいけど。で、依頼って言うほどのことじゃないんだけど、旅ちゃんにちょっと見てもらいたい物があるんだ」

美月は私物のトートバッグから木製の箱を取り出した。直方体で、片手ほどのサイズの小物入れだ。旅人の正面に掲げて、妖《あや》しげに微笑んだ。

「この箱の中に何が入っているのか視てくれないかしら？」

＊　＊　＊

放課後の教室で手渡されたその箱を、少年――旅人は訝《いぶか》しげに眺めた。

「ちょっとー、そんなに警戒しなくてもいいじゃなーい？　爆弾とか入ってないわよ」

頬を膨らませながら、少女――美月は隣の席に座り、勢いよく机を寄せてきた。肩と肩が触れ合うくらいに密着し、顔を覗き込んでくる。

「ね、開けてみてみて」

馴れ馴れしくて、すごく居心地が悪かった。美月のスキンシップはいつも度を越えている。男女の仲や上下関係を無視するような接し方。

壁を感じさせない人間というのは稀に存在するけれど、美月は違う。

壁があってもお構いなし、むしろわざと圧迫してくるような意地悪さがある。

苦手だった。

旅人は溜め息を溢《こぼ》した。アクリル板で作られた白い箱をつまらなげに眺める。

「開けなくてもわかります。中には風船が入っています。開けると蓋《ふた》に引き摺《ず》られて持ち上がり、側面に貼り付けてある画鋲《がびょう》に刺さって割れる仕組みです」

蓋を開ける瞬間に破裂音がするだけの、ほとんど道具を必要としない即席のビックリ箱だ。

突き返すと、美月は「ほわっ」と目を見開いて驚いた。

「なんで、なんでなんで⁉ どうしてわかるの⁉ あっれー、おかしいな」

箱をあれこれいろんな角度から眺めて、首を傾げている。

見た目だけからそこまで把握できるのは旅人の目を持ってすればこそであり、美月の工作が下手だからというわけではない。

「……僕の目は特殊なんです。体質も」

いい機会だ。すべてをさらけ出してやろうと思った。五感が無いことや目の特殊性を訴えれば美月も気味悪がるかもしれない。信じようと信じまいと、拒絶していることだけはきっちり伝わるはずだ。

「僕のこの目は見えないモノを視つけ出せるんです――」

旅人は自嘲《じちょう》するような笑みを湛えて説明した。苛立《いらだ》って反抗すれば、それは心の隙《すき》をさらけ出したも同然で、相手を優位に立たせてしまう。だが逆に、落ち着いた態度で拒絶すれば優位性を確保したまま強烈な壁を生み出すことができ、それ自体が攻撃となって相手を遠ざけられるのだ。

旅人はこれまでそうやって人間関係をすり抜けてきた。大抵の人間はこの笑み一つで退いてくれた。

美月だってきっと遠ざかってくれるに違いない。

嘘吐き呼ばわりされてでも、気味悪がられてでも、遠ざけたい。

「……」

説明し終えると、やはり美月は怪訝な顔で旅人を窺っている。突然何を言い出すんだと怪しんでいるのだろう、その視線には嫌忌《けんき》の色さえ含まれていた。

「お願いですから、僕にはもう構わないでください。一人が好きなんです」

ぞんざいに語り、視線を外す。美月は席を立ち、歩き出した。

これでもう僕に纏わり付いてこないだろう、そう安心したときだ。

「嘘吐きね」

美月は机を回り込んで旅人の正面に立った。旅人を見下ろして、びっと人差し指を突き出した。

「君は嘘吐きだわ。一人が好きですって？　そんなわけない。私にはわかる。そんなのは取って付けた言い訳でしょうが！」

なぜか。

美月は怒っている。旅人が目や感覚のことで口から出任せを言っているものと非難しているわけではなく、その嗜好《しこう》に納得いかないと言う。

正直、初めての展開に付いていけず、旅人はただ呆然と固まった。

「今の君の話を聞いてわかっちゃった。君は周りを尊敬しない、見下している。なぜなら君にはもっと大事なものがあるから。どんなものかわからないけど、それはきっと人間関係よりも大切で、たぶん義務みたいに感じているようなやつが。君にはあるんだ」

ばん、と机を叩《たた》いて身を乗り出してくる。旅人は驚きすぎて言葉がない。美月に接近されて嫌なのに、体は竦《すく》んで動けない。

「いい？　孤立が好きな人間はね、大勢の中に居ても一人きりになれるの。波風立てずに集団の中に溶け込める、そういう人のことよ。でも、君は逆。相手を威嚇《いかく》して、自分から遠ざけようとしている。孤立できる人間には不要なことだわ。孤独になろうとする君は独りきりに意味を持っている。だから笑顔だって作れる。仮面みたいな、空々しい、寒々しい笑顔よ。人を不快にさせる、普段君が浮かべている不気味な顔」
旅人は心の内で狼狽《ろうばい》した。こんなふうに切り替えされたことは無かったし、何より
ここまで言い当てた人間はいなかった。
真摯《しんし》に向き合ってくれた人はいなかった。
無理をしているように見えたのだろうか。
この人には、旅人は弱々しく映っていたのだろうか。
「もっと上手くやることね。そんなんじゃ構ってくださいって言ってるようにしか見
えないわ。事実、先生も私も君のことが気懸《きが》かりだもの。何よ、じゃあ今まで箱の中
身をズルして当ててたわけね」
「ズルというわけじゃ……」
まさかそのように評価をされるとは夢にも思わなかった。大抵は感覚が無いことに、
障害を抱えていることに、聞く者は気後れするというのに。
美月は、そのもの引っくるめて旅人の性根が気に入らないらしい。
「あー、もう。腹立たしい。一人が好きなら徹底してよね。気を遣わせるんじゃない
っていうのよ！　――いいわ。決めた。決めました。君の気持ちなんてどうでもいい。
私が君の素顔をさらけ出してあげる。そんな人を小馬鹿にするような笑いだけじゃな

くて、泣いたり怒ったり、心から笑った顔を引き出してあげる」

すでにペースに呑まれていた。旅人を立たせると、美月はぎゅっと両手で握手してきた。

「知ってるかもだけど、私の名前は見生美月よ。美月ちゃんでもみーちゃんでもみっちーでも好きに呼んでいいからね！」

今後も纏わり付くことを宣言した。実際、この日から美月の遠慮の無さが一層目に余るものに切り替わる。

一転して笑顔を咲かせる美月の姿が、旅人の目には異星人のように映っていた。

＊　＊　＊

美月が掲げてみせた木製の箱は、陽子の手に渡された。

「あ、あの」

「持っていて。――ね、陽子ちゃんは旅ちゃんの目のことは知っているんでしょ？」

おそらく五感のことを言っているのだろう、素直に頷く。そして、やっぱり美月も旅人の目のことを把握していたのだ。この箱の中を視てほしいというのは、つまりそ

ういうことなのだろう。けれど、

「あの、この箱って鍵《かぎ》とか付いてませんよね？」

金属製の蝶番《ちょうつがい》二つで繋がれている箱と蓋の一体型で、ぱたんと閉じた箇所に留め具がある、オーソドックスな小物入れ。留め具は指で弾けば簡単に外れそうだし、鍵の類は見当たらなかった。

開けて見てみれば早いんじゃないの？　って、単純な疑問が頭に浮かんだ。

「うん。鍵なんて付いてないわよ。これはね、私と旅ちゃんのコミュニケーションツールの一つなの。蓋を開けずに中身を言い当てられたら旅ちゃんの勝ち。勝敗が着いたからって別にペナルティがあるわけじゃないわ。ただの遊びよ、遊び。あんまり懐かしいからわざわざ用意してきたんだ。この為だけにここに来たようなものよ」

誇らしげに笑ってくれるが、陽子ははあ、と気の抜けた返事をするしかなかった。

この行為にさほど意味がないことはわかった。美月は旅人のことがただ懐かしくて、本当に遊びに来ただけらしい。依頼人ではなかったわけだ。

——あれ？　でも、そうすると、入り口のところで躊躇っていたのは何でだ？

旅人に忘れられていたらどうしよう、とか。

そういうことを気にするような人とは思えないけれど。

それとも気にする何かが二人の過去にあったのかしら。

あるいは、旅人のことが特別だから気を揉《も》んでいたってことも、あり得る。

美月は旅人のことが好きなのかもしれない。

「……」

あれこれ邪推して、ふと我に返った瞬間、陽子は一人こっそり落ち込んだ。

——こういうふうに勝手に想像するの、悪い癖《くせ》だ。

勘違いで傷ついていたんじゃ世話がない。陽子は溜め息を一つ溢して顔を上げた。

美月がニヤニヤと陽子を見ていた。

「かーわいいっ。翻弄《ほんろう》されてる女の子って大好き」

「んぐッ⁉」

「心配しなくても大丈夫よ。深い意味はないんだから」

ばつが悪くなって木箱に視線を逃がす。どこまで見抜かれたかわからないけれど、今の状況が面白くないことだけは伝わってしまったはずだ。思ったことが顔に出るのは本気で矯正《きょうせい》する必要がある。

「で、旅ちゃん、わかる？」

「……」

答えを振られて、旅人はしばし陽子の手にある木箱をじっと眺めた。それから美月を一瞥し、呆れたように溜め息を吐いた。

「本当に、昔から変わりませんね。いつも唐突だ」

「知ってるくせに〜。まあまあ、中学時代の恩人の余興にちょっとくらい付き合いなさいな。なんなら、正解したらご褒美《ほうび》あげちゃうわよ！」

「いりませんし、恩人が聞いて呆れます。……言っておきますが、僕は透視ができるわけじゃありませんよ」

「知ってるわ」

「この目はいろんな情報を可視化します。無意識のうちにその状況や関わっている人物を観察し、その場に最も適した映像を生み出しています。ほとんど理屈はありません。直感に近いんです。だから、変に期待されても困ります」

「自信無いんだ？」

そう受け取れる発言を旅人がしている。それは少し、いやかなり不自然だった。こんなふうに言い訳じみた前置きをするなんて、らしくない。

「旅ちゃんにはハンデとしてお触り厳禁だったんだけど。陽子ちゃんの反応からだけで推理するのはやっぱり難しい？」

なるほど。そういう意図があって陽子に持たせていたのか。

旅人はちらりと陽子を見た。一瞬だけ目が合って、すぐに旅人から逸らされた。なんだろうと首を傾げたが、旅人の視線はまた木箱に落とされた。

「箱の中身ですが」

「うん！」

美月の期待に満ちた目にいささか嫌気が差したような顔をするものの、すぐに続けた。

「見た限り、重量は箱そのものの重みしかなさそうですね。どうですか、陽子先生？

……訊《き》いてもいいんですよね？」

「いいわよ。イエスかノーでの質問形式でなら会話ＯＫとしまーす」

わくわく、という擬音《ぎおん》が聞こえてきそうなほど美月はとても楽しげな様子。

「はい。そうですね、見た目どおりの重さです」

中に何かが入っているという前提からしてみると、やけに軽くて、箱自体の重さしか無いように思える。木製の箱だけれど板に厚みがほとんどないので、実際に持ってみると案外軽い。

「おおよそですが、一辺の長さは縦が十センチ、横が十四センチ。高さは八センチ。

板の厚さが五ミリほどだとすると、容量はそれぞれの辺から一センチずつ引いた長さを掛け合わせた分になります」

文庫本を五、六冊積み上げたくらいの大きさかな、と陽子は想像してみる。

「先輩から陽子先生に手渡されたとき、まったく音が視えなかった。中身が転がって壁にぶつかる音がしなかったんです。ということは、中身は隙間無く埋まっているか、固定されているかのどちらかでしょう」

中に入っている物体Xと容積がぴったり同じか、風船みたいにぎゅうぎゅうに詰め込まれているならば、隙間が無くて当然だ。ぴったり同じってことになると、物体Xに合わせてこの箱が作られたということになるのだが、箱の外装を見る限り市販されている物に見えたので、それはないと除外できる。……偶々ぴったり同じだったという可能性もなくはないけれど。

ぎゅうぎゅうに詰められて、なおかつ物体Xを固定できる物で思いつくのは綿やスポンジなどの緩衝材《かんしょうざい》である。その中に物体Xを包み込んでしまえばいくら振っても音は立たない。

しかし、そうなると中身を当てるだなんて到底不可能なんじゃないか。

「陽子先生、側面を指で叩いてみてください」

言われたとおり、トン、トン、と人差し指で叩く。それで陽子も気がついた。

「反響具合からして中は空洞《くうどう》になっていますね。下方か上方、どちらかに偏《かたよ》って詰まっているのかとも思いましたが、そうでもなさそうです。中身は詰まっていない。おそらくそのモノは底板で固定されているんでしょう」

両面テープか何かで貼り付けられているのかもしれない。それはそれで条件はより一層厳しくなったような気がした。箱の容積よりも小さくてほとんど重さを感じない物なんて、いくらでもあるだろう。雲を摑《つか》むような話だ。

「それから？　それから？」

美月は意地悪な笑みを浮かべている。思案する旅人を見られて興奮しているようだ。中学時代、どれだけのイタズラを仕掛け、その戦績は如何ほどであったのか、なんとなく察せられた。

急かす美月に視線を向けて、旅人は言った。

「ここから先はこの箱を持ってきた先輩にヒントを求めるしかありません。先輩だったら何を入れるか。十年ぶりの再会に合わせてくると考えればより答えが視えてきます」

「へー。で、私だったら何を入れるのかしら？」

「共有する思い出。先輩だったらというよりも一般的な感覚ですが」

確かに。そういうことなら陽子でも思いつく。

たとえば、学生時代に同じ部活だった友達と再会する際は、その部活動に縁《ゆかり》の何かを持ち寄って懐かしがったりするだろう。片方が知っているんじゃなく、お互いで共有できる思い出の品の方が俄然《がぜん》昔話も盛り上がる。

美月がそのつもりでいるのなら、ヒントは旅人の記憶の中にも隠されている。

「最初から気になっていたのはこの箱の大きさです」

「大きさがこれだと何か問題あるの？」

美月が指摘するとおり、陽子も特に気にすることではないと思ったが、旅人には一つのヒントとして映ったらしい。

「はい。先輩のことですからきっと拘《こだわ》っているはずです。派手好きで大掛かりなものをよく作る人でしたが、出来上がった物はどれもシンプルでした。シンプルで、最小限の仕掛けしか施さない。道具は原型のまま使い、決して改造したりしない」

「うん。だって面倒臭いもの。それに私、イタズラに使えそうな道具をわざわざ作ったり探したりはしないの。その道具からどんな仕掛けが出来るかなって想像するのが好きなんだ」

「ですから、この箱の大きさそのものが手掛かりだったわけです。きっと箱を手に入れてから仕掛けを思いついたんでしょう」

「よっ、名探偵！　うんうん、こうやって見ていると本物の探偵みたいだわ！　あ、本当に探偵だったか！」

キャーキャーと、もう楽しくて仕方ないという具合に大騒ぎだ。合いの手に調子を崩した旅人が思わず口をつぐんでしまったので、陽子が先を促した。

「あの、それで、この箱の大きさからどんな仕掛けが出来るんですか？」

旅人は箱を見つめたまま呆れた様子で答えた。

「仕掛けでも何でもありませんよ。これは偶々同じ大きさだっただけでしょうから」

「同じ大きさ？」

箱と同じ体積ということ？　でも、中は空洞になっていて、何かが詰まっている感触はない。まさか風船か？　風船ならばたとえ詰まっていても、外から叩いても内部で音が反響したりするのだろうか。いや、しかし、風船は変幻自在だから大きさに拘る必要はない。

箱を抱えたまま考え込む陽子に、旅人は苦笑した。

「そんなに難しく考えないで。もっと単純なことなんです。大きさというのは立体じゃなくて平面なんですよ。その面積、どこか見覚えありませんか？」

言われて、箱を真上から眺めた。四角い蓋を見つめていると、そういえば、これくらいの面積を知っている気がした。

文庫本に喩《たと》えたけれども、それと同じくらいの大きさのモノ。

「その箱を取り出されたとき、その蓋の面積に気づいたときに、思い出したんです。そういえば昔、一度だけ美術部で集められたことがあって、そこで集合写真を撮ったことを」

写真。

そう。この大きさは一般的な写真のサイズ、L版と同じなのだ。

「写真が一枚入っています。きっと縦横の長さは底板の方がほんの少しだけ狭くて、中で挟まった状態なんだと思います。だから振っても音が立たず、空洞もできるわけです」

「なるほど」

思わず感心してしまった。すっかり立体に騙《だま》されていたようで、平面のモノをまるで考慮に入れていなかった。旅人の言うとおり仕掛けでも何でもない。

とはいえ、これを当てろというのは随分《ずいぶん》無茶な要求ではなかろうか。

「どうですか？　美月先輩」

　これで満足ですか、と旅人が振り返る。ワガママに付き合わされた億劫《おっくう》さを滲《にじ》ませていた。旅人には珍しい態度で、本当に美月とは仲が良かったのだろうと窺えた。

　しかし、

「答えは『美術部の集合写真』でいいわけね？」

　美月は、先ほどまでとは打って変わって静かだった。真面目な顔で、落ち着き払った声で、再度尋ねる。

「美術部の写真。旅ちゃんが言っているのは、私と旅ちゃんとカイセンが並んで写っている写真のことよね？」

「……写真が出来上がる前に転校しましたから、実物は見ていません。でも、僕の記憶ではその三人で写真を撮ったと思います。それ以外に僕が写っているものは無いはずです」

「そっか。……うん。なるほどね。じゃあ、答え合わせといきましょうか」

　美月が陽子に視線だけで合図する。開けてもいいのかな、と若干躊躇しつつ旅人を見遣《みや》ると、旅人もまた浮かない顔をしていたが、陽子に頷いてくれた。

「じゃあ、開けます」

留め具を外して蓋を開けた。中には、旅人の言うとおり、写真が一枚入っていた。

「……え？」

底板に接するように窮屈《きゅうくつ》そうに挟まっていて、それも旅人の言ったとおりであったけれど、決定的なところで間違えている。

写真には何も写されていなかった。未使用の写真用紙が真っ白な光沢を放っている。取り出して裏表確認してみたけれど、旅人と美月はどこにも写っていない。

「ざーんねん。正解は『白紙の写真』でした。旅ちゃんたら私を信用し過ぎ。私の勝ちね」

なのに、美月の声は淡々としていて、まったく喜んでいない。

ただのお遊びのはずなのに、なぜか空気は重くなる。

外したことがそれほどショックだったのか、旅人は呆《ほう》けたように固まっている。

「昔の、――中学の頃の旅ちゃんだったら見抜けていたでしょうけど。もう一歩踏み込んで人を信用しないところが君らしかったんだけどなあ」

美月は席を立ち、コートを着てトートバッグを肩に掛けた。帰り支度を整えると、名刺と写真を一枚ずつコートのポケットから抜き出してテーブルの上に滑らせた。初めから準備しておいたかのような手際の良さで。

「私に連絡したくなったらこの番号に掛けてきて。あと、この写真はご褒美です」

写真には学校の教室と思われる場所を背景に三人の人間が写っている。スーツを着た背の高い男性と、可愛い顔をした男の子と女の子。

旅人と美月。

「カイセン、長くないんだって。今日はそれを伝えたくて来たの」

それを聞いた途端、旅人の硬直が解けてゆっくりと手が動いた。テーブルの上の写真を手に取ってじっと見つめる。

俯《うつむ》くその表情に、陽子はぞわりと背筋《せすじ》が震えた。

「素顔をさらけ出してあげるっていつか言ったと思うけど……」

美月が苦笑しつつ、ドアノブに手を掛けた。

「その顔は見たくなかったな」

扉を開けて外に出る。閉じていく隙間から「陽子ちゃん、機会があったらまた会いましょうね」と手を振っていた。

そうして、美月は帰っていった。

陽子は突然態度を急変させて出て行った美月を不思議に思い、その手に残されたままの箱に気づく。……これ、どうしよう。

旅人は黙ったままだ。その横顔をもう一度だけ見た。盗み見るようにこっそりと。

どこまでも虚ろ。

無表情よりもなお生気を失った白面《はくめん》は、心を持たない人形のようだった。

「……」

何がそこまで旅人を追い詰めているのだろうか。

近づいたと思ったのに、またもや旅人の心が遠退いた。見知らぬ過去に何を口出しできようか。陽子は、やっぱり旅人を真に理解できていないことに打ちのめされるのだ。

「……お茶、淹れ直しましょうか」

振り絞って出した声に、旅人が笑みを浮かべて応えた。無理をしていると傍目《はため》からでもよくわかる、空々しい笑顔。

胸が締め付けられる。

痛々しくて、寒々しい、それは他人を遠ざけようとする笑みだった。


（了）

# 傷の奮え

現代アートの申し子と呼ばれ、若者文化に絶大な影響を与えたカリスマ作家・鶴岡《つるおか》大成《たいせい》の最後の遺作の存在が噂《うわさ》されるようになったのは、とある雑誌記者がICレコーダーで録音した、本人の肉声による独占インタビューが雑誌に掲載されたことがきっかけだった。交通事故で他界する二週間前に録られたもので、鶴岡大成の関係者は本人の声に間違いないと認めた。しかし、実際に音声がメディアに乗って流出したことはなく、また死後一年以上経過してからの発表であったために信憑性《しんぴょうせい》はなく、真偽のほどについては未だにはっきりとした決着がついていない。

氏曰《い》わく、『今描いている作品はほぼ完成しており、近いうちに公開する予定です』

鶴岡大成の作品にいち早く注目し、あらゆるコンテンツのデザインに起用した大手レコード会社はこれを真っ向から否定。同社が把握していなかった情報を雑誌記者が摑んでいたとあっては鶴岡大成を人気作家にまで押し上げた社の沽券《こけん》に関わった。社のブランドイメージは鶴岡大成の作風から構築されたもの、すなわち鶴岡大成の価値がそのまま社のブランド力に直結していた。その繋がりが薄まれば、一般大衆に植え付けたイメージまでもが希薄になり、ブランド力の低下を招きかねない。

面白がったマスコミは、インタビューの音声が流出しないのは大手レコード会社が出版社に対して何らかの働きかけを行っていたからではないか、という陰謀説《いんぼうせつ》をでっち上げた。ありもしない出来事をさも事実のように報じられ、十分痛手を負ったレコード会社は事態の収拾に努めたが、鶴岡大成の影響力の前では手も足もでなかった。

思いのほか世間の関心を集めたこの騒動は、やがて鶴岡大成の周辺の人間にまで取材の手が伸びていく。


当時、小学生だった安藤朋美《あんどうともみ》にとってそれはまさに人生の転機となった。


鶴岡大成の実家は町内でも親しまれた理髪店で、そのガレージはアトリエに改造されていた。近所の小学生やお年寄りは理髪店の一人息子がそこで日がな一日美術品の創作に励んでいることを知っており、名物にさえなっていた。子供たちは学校帰りに冷やかしに訪れては、鶴岡大成が作る仕掛け人形やトリックアートに夢中になった。

朋美も彼が描く絵画に魅了された一人である。お絵描き好きの女子に好まれるデザインを鶴岡大成は知っていて、流行のファッションやアイテムを、構図を工夫することで如何にオシャレに見せられるかといったことを教えてくれた。朋美にはそれが魔法のように思えた。自分の画力が上がっていくのを実感し、ますます鶴岡大成に教えを乞《こ》うようになる。鶴岡大成もまた朋美の才能を見抜き、技術的な面だけでなく美術史における思想や変遷を伝えて感性を磨《みが》いていった。

そうして、ほぼ毎日のようにガレージに通っていた朋美は鶴岡大成の一番弟子を名乗るようになり、その頃から徐々に鶴岡大成が有名なデザイナーであることを知っていくのである。

「オジサンが有名人だってことどうして教えてくれなかったの？」

「自慢するようなことじゃないからね。好き勝手に作品を作って、そんで偶々誰かがそれを気に入ってくれたってだけの話でさ。運が良かったんだ」

「運も実力のうちよ」

「なるほど。なら、朋美ちゃんも誰かが見たいと言ったら自分の作品を見せてあげなよ？　幸運に繋がるかもしれない」

「えー？」

朋美はスケッチブックを胸に抱いて身を縮ませる。自分が描いたものを人に見せるのはまだ恥ずかしい。鶴岡大成は苦笑して、言った。

「絵にしろ彫刻にしろ、人に見られて初めて芸術になるんだよ。誰かの評価なしには価値は生まれない」

朋美は鶴岡大成を尊敬していたが、この理屈だけは納得できなかった。なぜ価値を決めるのか、なぜ優劣を付けようとするのか、理解できない。一生懸命作った芸術品は皆同等の価値でいいと思う。人に見せずとも自分だけで満足できるならそれでいいではないか。

反論すれば、彼は必ずこう切り返す。

「それでは作品が可哀相《かわいそう》だ。作品だって、せっかく生み出されたんだ、人前に出たがっているはずだよ」

いつも学校帰りの小学生に自作の模型や人形を見せては自慢していた。仕事のための創作活動だけをこなしていればいいものを、二束三文《にそくさんもん》にもならないガラクタを作っては遊んでばかりいた。本当に子供のような人だった。

いつかこんな大人になりたいと朋美は思った。

鶴岡大成亡き後も、朋美は彼の両親の許可を得てガレージを使わせてもらっていた。彼から教わったものを無駄にしないためにも創作活動を続けていた朋美に、やがて転機は訪れる。

鶴岡大成の最後の遺作を巡って押しかけた取材陣が一番弟子である朋美を世間に露出させたのだ。鶴岡大成に負けず劣らずの感性を持った天才少女として持てはやし、面白がって、一端のアーティストとして扱った。

『時代が求めたアーティスト！　鶴岡大成の後継者！』

市場は鶴岡大成の代わりを欲していた。企業やマスコミは商売になればそれでよかった。子供だったことが大いにお茶の間に受けた。作品の価値は話題の量で決まった。注目を浴びれば浴びるほど朋美の描いた絵には莫大《ばくだい》な値段が付けられ、企業や画商の投機目的に利用され、やがて批判を集めた。

「彼女のアートには芸術的な価値がない」――そのように評されるのは師・鶴岡大成までも否定されているようで我慢ならなかった。メディアによって作られた虚構のアーティストは、賛否の渦に呑まれてもなお、己が信じる芸術を次々と生み出していくのである。

安藤朋美、十七歳。

似非《えせ》芸術家として悪名を上げたとき、二度目の転機に見舞われる。

＊
＊
＊

海岸沿いということもあって診療所から見える景色は格別だった。夕日に照らされて輝く海原は一見の価値があり、同伴者も期待に違わず感嘆の声を上げた。

「すごい……。本当に美しい景色ですね」

「でしょ？　私のお気に入りなの。屋上って普段は立ち入り禁止だけど、私は特別扱いだから言えば入れてもらえるんだ」

自分が好きなものを褒められるのはやっぱり嬉しい。ここに連れてきて正解だったと朋美は思う。

「日暮さんが初めてなんだよ、ここ見せるの」

「下からでも十分綺麗でしたが、上に上るとまた違った趣《おもむき》がありますね」

日暮さんは目を細めて景色に見入っている。診療所は丘の上にあるからさらに遠くまで、延々と続く水平線さえも望めるのだ。横一直線に帯を引く黄金の輝きは絵に閉じ込めておきたくなるほどキラキラと眩《まぶ》しい。

電動車イスを作動して日暮さんの隣に移動する。座っている状態なので視線は低いままだ。さらに日暮さんは背が高いから、どうしたって彼と同じ視線の高さから海を望むことができない。

同じ景色を見ていても、まったく同じモノは見られないのだ。

そんな些細《ささい》な違いすらももどかしかった。日暮さんの目から見た世界がどんな形をしているのか、朋美は知りたかった。鶴岡大成以外の人間でこんなふうに思ったのは初めてだ。

不意に日暮さんの視線が朋美に向けられた。西日に照らされたその顔はひどく哀しげで、けれど引き込まれそうなほどに綺麗だ。朋美は痛いくらいに胸が高鳴った。

「どうして僕をここへ？」

「それは、……その」

誤魔化すように前髪を弄《いじ》って、口ごもる。自分の宝物を見せたかったからなのだが、それを口にするのは躊躇われた。ものすごく恥ずかしい気がしたからだ。

頬が熱い。上気した顔を西日で誤魔化せていたらと願う。

「き、気晴らし！　日暮さん、ここに来るようになって随分経つけど、全然収穫ないじゃん？　そろそろ落ち込み出すんじゃないかと思って……」

それに、最近の日暮さんはひどく疲れたような表情を見せていたから、気になったというのもある。

「僕を励ましてくれているんですか？」

「いや、それは」

まずった。何かこっちの方が余計に恥ずかしい。お気に入りの景色だから見せたかったと素直に言えばよかったかも。

でも、日暮さんは本当に嬉しそうに「ありがとう」笑ってくれた。

「〜〜〜〜〜っ」

絶対にやばい。たぶん今耳まで真っ赤だ。遮蔽物《しゃへいぶつ》が何もないこの開けた屋上では身を隠すこともできない、顔を俯けてぎゅっと目を瞑るので精一杯。——ああもう、もっと髪が長かったら顔中隠せたのに！　どうして私はショートなのか⁉　ていうか、その笑顔は反則だよ⁉

「でも、ご心配なく。僕はそこまで気落ちしていませんよ。仕事のパートナーにはどやされそうですが、実を言うと、今回の仕事は初めから諦めていました」

再び海に目を向ける日暮さんの顔には、本当に気落ちした影はなかった。

初めから諦めていた——、朋美はその言葉に首を傾げる。

日暮旅人さんは探偵だ。何でも『鶴岡大成の遺作』を探し出してほしいと誰かに依頼されたとか。珍しい話じゃない、朋美もこれまでに五人の探偵に出会っている。いや、素性を偽って近づいてきた輩《やから》がいたとしたらそれ以上だろう。遺作探しはまず弟子である朋美に当たるのが早い、というわけで、実際そのとおりだと思うけど、朋美としてはかなりうんざりさせられていた。

鶴岡大成が没してより五年、遺作探しは飽きられることなく続行されている。依頼主に心当たりは星の数ほどあって、調査に駆り出された探偵も同じくらいいそうである。——いや、ほんと、大した執念だと思う。お仕事とはいえ、無い物を探させられる探偵さんは本当に大変だ。朋美は付き纏われたことを一旦脇《いったんわき》にどかして、探偵一同に心から同情するのだった。

しかし、日暮さんの「初めから」という言葉にはちょっと引っ掛かる。

「どうして初めからなの？　調査した結果ならわかるけど」

「この五年間、誰も手に入れられなかったんですから簡単に行くはずがないと思っていました。調べてみてもやはり結果は同じでしたね」

どこか投げやりな態度に、朋美はむっとした。

「そーんな半端な気持ちでお仕事してたら、そりゃ見つかるはずないよ。日暮さんのことちょっと見損なった」

日暮さんは申し訳ないような顔をするだけで、弁解しなかった。……朋美にはどう思われてもいいと思っているのかしら。そんなふうに考えたら少し寂しくなった。

「……」

突然、あれがやって来た。身体中が緊張して強張《こわば》っているのがわかる。朋美はぐっと腹に力を込めて、日暮さんに悟られぬように平静を保つ。

「冷えてきましたね。そろそろ下に戻りましょう」

そう言って、日暮さんは車イスの後ろに回り、押してくれた。気づかれなかったようでほうと息を吐く。あれはすでに引いてなくなっていた。今回は一瞬で済んでよかったけれど、これからはもっと慎重にいよう。

夕日が沈むに合わせ、暗がりが背後から迫ってきた。

綺麗な瞬間は、栄光のときは、瞬く間に消えるものらしい。日暮さんと過ごす時間もあっという間に無くなった。エレベーターで病室のある階に降りたとき、廊下に父と母の姿を見つけてげんなりする。

暗がりは光を奪うだけでなく、苦痛さえも連れてくる。

＊

一ヶ月前、まだまだ残暑が厳しい秋口に、朋美は交通事故に遭《あ》った。猛スピードで歩道に乗り上げてきたオートバイと衝突し、数メートル引きずられて、全身に傷を負った。

左足を骨折し、頭部は六針縫うほどの傷を負い、ところどころを怪我したものだがどれも大したほどではない。一番の致命的な怪我は右手神経の損傷だった。屈筋腱断裂《くっきんけんだんれつ》、正中《せいちゅう》神経損傷——。十二針を縫う大手術は一応成功したそうだが、抜糸を終え麻酔が切れて感覚を取り戻したはずの右手は、握力と痛覚と触覚を失っていた。

話によると、切れた神経を再度繋いでも元に戻るまでには相当のリハビリが必要だという。そしてそれは、個人差があり、どれくらいの時間が掛かるのか一概に言えないのだそうだ。

朋美はまず癒着《ゆちゃく》を防ぐために、再断裂を起こさない程度の圧迫を加える運動から始めた。看護士の掌に押されて曲げられた手首、その先にある手の甲から指の爪先《つまさき》までを絶望の眼差しで見つめた。――何も感じない。指先は痺《しび》れたみたいに感覚が無く、触れている看護士の体温すらも感じなかった。

目の前が真っ暗になった。この右手が無ければどうやって作品を作っていけばいいのか。投機に利用されるだけの美術品であろうとも求められれば創作するのが芸術家だ。鶴岡大成の弟子として、若い世代の先駆者として、投げ出すわけにはいかなかった。

こんな形で引退なんて考えられない。

私は鶴岡大成の後継者、その自負がある。

絶対に、絶対に、逃げるわけにはいかないのだ――。

日暮さんは気を遣ったのか席を外し、朋美は両親を伴って病室に入った。

「リハビリはどうだ？　順調か？」

「……」

父は朋美の右手と戸棚の上に置かれたスケッチブックをちらりと一瞥し、決まりきった台詞を口にした。我が娘を案じる父親を装っているが、彼の懸案事項は美術品の回収である。娘の容態など本心では二の次なのだ。

「それ、昨日も訊いたよ」

「調子はどうだ？　握力は戻ったか？　痛みは？　リハビリはどれくらい進んでるんだ？　絵の練習くらいはできるんだろう？」

かっと頭に血が上り、思わず語気を強めて「だからっ」声を荒げた。

「昨日も言ったじゃん！　何も変わんないよ！　感覚取り戻すのに早くても一年以上は掛かるって言われてるんだよ⁉　一日二日でどうにかなるわけないよ！」

「何を怒っているの。せっかくお父さんが心配してくれているのに」

朋美の替えの下着やシャツを交換していた母が、驚いたように声を上げて父の側に立つ。二人とも心外だと言わんばかりだ。こんなのが実の両親だと思うと情けなくなる。どうしてこの人たちは傷心の娘を労《いたわ》ろうとさえしてくれないのか。

「幸田《こうだ》アートさんがな、外国人向けの展示会で是非ともおまえの絵画を展示させてほしいと言うんだ。何でも海外ではおまえの絵は高額で取引されるそうだ。国内ではいろいろ言われているが、向こうでの人気はまだまだ衰えることはないとも言っていたな。二、三ほど作品を描いてくれないか？　そうすればしばらく描かなくてもお金に不自由せんぞ？　な？　どうだ？」

一方的な要求に閉口するしかない。リハビリがどうだと心配してくれたのは単に金儲《もう》けができなくて困るからだ。そして、その口でリハビリと言っておいて怪我などしていないかのように作品を描けと迫る無神経さには、怒りを通り越して悲しくなった。

黙ったまま俯いていると、父は聞かせるかのように「ふん」大きな溜め息を吐いた。

「おまえが大変なのはよくわかっているがな、仕事も大切なんだ。おまえもプロを名乗るなら中途半端なことはするんじゃない」

思わず笑ってしまいそうになる。説教？　車椅子《いす》に座る娘に対して言う台詞？　こちらに非を押し付ける言い草には親愛の情は一片も見当たらない。もはやこの人にとって娘は金儲けの道具でしかないのだろう。デビュー当時、最初の作品の買値を付けられたときからずっとこの調子だ。

「そうよ、朋美ちゃん。お父さんね、怪我をした朋美ちゃんのために一生懸命あちこち走り回って、大変だったのよ。お父さんの苦労もわかってあげて。ね？」

そして、この母がさらなる追い打ちを掛ける。

母は父の言いなりだった。父に対して全幅の信頼を寄せていると言えば聞こえは良いが、単に世間知らずで物事の判断が付けられない人なのだ。父の行いが常に正しく、反抗する娘を「聞き分けの無い子」として嘆く。要するに、子供だった。

「お母さんを心配させるんじゃない」

「お父さんに感謝なさいね」

昔は人並みに良き父良き母だったと思うのだけれど、もう思い出せない。

――もういいや。私に親なんて初めからいなかったんだ。

「……描くよ。わかってる。描くしかないんでしょ？　そうだよね、左手一本あれば描けるよね。そう言いたいんでしょ？」

朋美の反抗的な態度が気に入らなかったのか父は渋い顔を見せたが、すぐに取り澄まして「わかればいい」と頷いた。

早く帰ってほしかった。ここに居られるだけでストレスだ。

「それでな、リハビリがてら描いてもらおうと思って、あの床屋の倉庫から描きかけの絵を持ってきてやったぞ。油絵だったからきちんと道具も揃《そろ》えておいた。どうだ、嬉しいだろう？　ここでも作品が作れるぞ」

朋美は絶句した。見る見るうちに顔は真っ赤に染まり、その目には涙が浮かぶ。

「何勝手なことしてんの⁉」

信じられない。この男は、もはや父と呼ぶのも馬鹿馬鹿しい、療養先の診療所にまで画材道具を持ち込んできた。ここを檻《おり》にして朋美を閉じ込めておくつもりなのだ。

アトリエはあのガレージでなくては駄目だ、ずっとそうしてきた、鶴岡大成の空気が

残ったそこでないと創作意欲が湧いてこないのだ、どうしてそれがわからない⁉

——どうして私の居場所を奪うような真似までするの⁉

「勝手とは何だ、勝手とは！　おまえのためを思えばこそっ、……まあいい」

打ちひしがれている朋美を見下ろして、父は言う。

「倉庫にあったあの絵だが、……いや、あれは仕方がないとして、次はもっと前衛的な絵を描きなさい。観る者に解釈を任せるような、よくわからないアートにするんだ。そちらの方が受けがいい。『ひまわり』なんてくだらない絵はもう描くんじゃない」

「……」

朋美はもはや顔も上げられない。話し終えたのか、父の足音が遠ざかっていく。

「今度お父さんに会ったらきちんと謝りなさいね。いい？」

最後まで朋美を慮《おもんぱか》ることなく、母も父の後を追って慌てて部屋から出て行った。

静けさの中に不快な余韻《よいん》が残る。心はもうズタズタ。唯一《ゆいいつ》味方になりそうな肉親が最大の敵だった。わかっていたことだ、だから朋美は自宅療養よりも入院を選んだのだから。

でも、まさかここにまで浸食してくるなんて思いもしなかった。

閉じたはずの扉がゆっくりと開いた。どちらかが戻ってきたのかと思ったが、違った。ぺたぺたとスリッパを踏む音。ゆったりとして軽やかなところから日暮さんだとわかった。朋美の傍で立ち止まる。

「廊下に画材道具が一式揃って置いてありました。ここで絵を描かれるんですか？」

日暮さんの声音にはどことなく朋美を案じる色が含まれていた。

父とのやり取りを聞いていたわけではないだろうが、朋美の様子を見ればどういう経緯があったのか大体の想像が付くのだろう。

朋美は嘲《あざけ》るように笑った。

「私の絵、くだらない物なんだって」

描きたいから、描いた。

頭に思い浮かんで、形にしたくて挑んだ『ひまわり』の油絵。

傑作《けっさく》だなんて言わない。これが安藤朋美の集大成ってほど大袈裟《おおげさ》なものでもない。

鶴岡大成はいつも「好き勝手描け、好き勝手作れ」を推奨《すいしょう》していた。まず作り手が楽しまないと観る人にその楽しさは伝わらないというのだ。同感だ。思い入れが強いほど作品に懸ける情熱も変わってくる。出来の良し悪しも違ってくる。

『ひまわり』が描きたくなった。だから描いた。それの何が悪い。

元々趣味で始めた絵画である、仕事とは関係ない作品だって偶に描きたくなる。そこを咎《とが》められたら、朋美は何を描いていいのかわからなくなってしまう。

いや、父は何と言っていた？

前衛的な絵を描け？　よくわからないようなアートの方が受けがいいから？

――なにそれ。それじゃあ私である意味無いじゃん。

必要なのは『安藤朋美』という名前だけ。必須《ひっす》なのは『鶴岡大成の後継者』という肩書きだけ。そこに私の個性は要らなかった。私の作品は要らなかった。

私は、要らないのだ。

「なんでよっ、なんでよぉー！」

気づいたときには癇癪《かんしゃく》を起こしてベッドをガンガンと蹴《け》っていた。右足も折れろという勢いに、ブレーキを掛けた車輪がギシギシと音を立てる。

「じゃあ私でなくてもいいじゃん！　こんなになっても頑張って描くことないじゃん！　誰でもいいんでしょ!?　だったら別の人に『安藤朋美』を名乗らせて描かせろよ！　もういいよ、それで！　私なんて！　要らないんだよ！　このまま右手が使えなかったら、絵が描けなくなったら、私……っ！　私は、……」

込み上げてくる涙を必死で抑えつける。――泣くものか。この上同情までされてしまったら本当に自分は必要とされなくなる。それを認めてしまう。

必死で、懸命に、強がった。

「日暮さんも帰って。早く、出て行ってッ」

頷く気配がして、日暮さんは踵《きびす》を返して病室から出て行った。彼の前で弱い部分を見せたくなかったし、彼から憐《あわ》れまれたくもなかった。そんな頑《かたく》なな自分がひどく惨《みじ》めに思えた。

「……………来た。まただ。あれが、また」

右手がズキリと痛む。感覚を失って痺れしか残していないはずの右手に、痛覚が宿る。

実際の痛みではない幻肢痛《げんしつう》。

朋美の気持ちを表した、それは心の痛みだった。

＊

鶴岡大成と過ごした日々は今でも鮮明に思い出せる。

あのガレージでいろいろなことを学んだ。そこでは木枠や麻布に不自由したことがなく、木材、針金、粘土に石と何でも揃っていたからどんな作品にでも取り掛かれた。

鶴岡大成は朋美だけでなく遊びに来た子供たちに無料でそれらを提供し、物作りの楽しさを教えていた。まるで夢のようなひととき。世界でたった一つだけの、自分だけの玩具《おもちゃ》を作り出す喜びに朋美は酔いしれた。

「今作りたい物を作るんだよ。飽きたら別の物を作ったっていい。とにかく欲望のままに手を動かす。それが芸術を楽しむコツだ」

途中で心移りしてもいいと言った。それを可能にするくらいここは材料に富んでいる。しかし、もちろん条件があった。

「ただし、一旦作り出したらきちんと完成させること。いくらでも時間を掛けたっていい、とにかく最後まで面倒を見るんだ。作品にはね、魂が籠もるんだよ。作品だって生まれたからには完成されたいと願っているんだ。だから、途中で投げ出すような真似だけは絶対にしちゃ駄目だよ」

そんなのは当然だった。作品は我が子だと思っている。途中まで仕上げたのなら完成させてあげないと可哀想だ。それに、朋美の性分なのか、未完成のまま残しておくのは座りが悪い。

「僕も何か描きたくなっちゃったな。よし、描いてみるか！」

画用紙にシュッシュと鉛筆を走らせる。何描いてるの、見せて見せて、と群がる子

供たちに悪戯《いたずら》っぽく笑いかけ、

「ナイショ。完成したら見せてあげるから、それまではお預け～」

そうおどけてみせた。


一晩経《た》って気持ちはすっかり落ち着いた。

一晩じっくり考えた。考えに考え抜いて、ようやく一つの結論に至った。

「引退しよう」

朋美を支えていた使命感が、薄情な両親によって、幻想であることがわかった。求められている『安藤朋美』はもういない。誰かに成り代わられるくらいなら、『鶴岡大成の後継者』の座を奪われるくらいなら、それらすべてを手ずから殺してやる。潔く幕を引くんだ。そうすれば惨めにならずに済むはずだ。

ズキズキと右手の傷が疼《うず》く。それでいいのか、と訴えてくる。

……いいに決まっている。それ以外にどんな道がある？　たとえリハビリに成功して右手が以前と変わらないくらいに使えるようになったとしても、数年後のアート界に自分の居場所があるとは思えない。今や『鶴岡大成』は過去の人になりつつある、

『安藤朋美』として活躍しなければすぐに忘れ去られてしまう。厳しい世界だ。身に沁《し》みて知っている。夢も希望もありはしない。

だったら早々に見切りを付けて、新たな人生をスタートさせた方がよほど建設的というものだ。そういえば、せっかく受験して受かった高校にもあまり行けていなかった。今から青春を取り戻して、真っ当な人生を歩むのも悪くないかもしれない。

普通の女の子みたいに恋とかもしてみたい。

「――」

そう思わせた要因を思い出して、途端に顔が赤くなる。

そしてタイミング良く、いや悪いのだろうか、その『要因』は相変わらず惚《とぼ》けた顔をして病室にやって来た。それも、ノックはしたが返事は待たないという不躾《ぶしつけ》さで。

「こんにちは、朋美さん。ご迷惑かとも思ったのですが、今日も来ちゃいました」

そうは言うものの日暮さんに悪びれた様子は一切無い。朋美は抱えていたスケッチブックを戸棚の上に置き、慌ててカーディガンを羽織る。――髪、髪の毛が跳ねてないか心配になったけれど今さらどうしようもなく、掛け布団の裾《すそ》を摘んで引き上げた。目元を覗かせていたら結局頭まで見えてしまうので意味はなかったが。

とりあえず赤くなった顔を隠すことには成功した。

「……顔が赤いですよ？　あ、もしかして風邪を引かれたんですか!?」

全然隠せてなかった。

「昨日屋上に上がったのが原因ですよね？　無理をさせていたんですね。本来なら僕が朋美さんを励まさないといけないのに、逆に気を遣わせてしまって……」

すみません、と頭を下げる。わかりやすいくらいに落ち込んでいる。あまりに悲痛な表情を浮かべるので、逆に心配になってしまう。

「か、風邪じゃない！　顔が赤いのはこっちの都合で！　って、……まあいいや」

なんだか馬鹿馬鹿しくなった。どうせ赤面したって鈍感な日暮さんには体調が悪いとしか思われないのだ。誤魔化す手間が省けていいじゃない。良かった、良かった。

朋美は乱暴に布団をはねのけるのだった。

日暮さんは申し訳ない顔を引き摺ったまま、勧めたパイプイスには座らずに、朋美に数冊の雑誌を手渡ししてきた。どれも十代の女の子が購読していそうな情報誌だ。不登校気味ではあるがこちとら現役女子高生、知らないわけじゃない。……で、これは何？

「ずっと病院に籠もっていたら気も滅入ると思って。これ、差し入れです」

「……でも、どうしてこんな？」

怪訝な顔をする朋美に、日暮さんはもっと意外そうな顔を向けた。

「あれ？　興味ありませんか？　きっと好きだと思ったんですけど。こういうものに触れてみるのもいいものですよ」

朋美は首を傾げる。鶴岡大成や芸術のこと以外の話題を交わした覚えはなかった。どうしてこんな丁度良く趣味嗜好に合う物を見繕ってこられるのか。しかも芸術を捨てようと決めたこのタイミングで。

この人はエスパーか何かか？

そういえば、あのときもそうだった。日暮さんに初めて会った日のことだ。事故後二週間が過ぎて、ようやく始まったリハビリに心が挫けそうになったとき、日暮さんはこの病室に現れた。

己を発奮させる目的で持ち込んだスケッチブックを切り刻んでしまいたい衝動に駆られていた。気持ちの浮き沈みが激しく、何もかもが嫌になってしまったあの瞬間、八つ当たりの対象を見つけて暗い感情に支配された。ハサミを持って手に掛けようとしたとき、朋美の腕は掴まれていた。

「それを破いちゃ駄目だ。君は立ち直れなくなる」

探偵を名乗ったその男の言い様に腹が立った。——おまえに私の何がわかる。失った感覚を取り戻す過酷さを、それに直面する不安を、何の保証もないリハビリを続けていく勇気と絶望を、知らないくせにわかったふうな口を利くな！

ズキズキと右手に痛みが走る。

見えない心の傷が疼き出す。

「わかるよ。――だからこそ、その支えを手放しちゃいけない」

朋美の心を正確に捉えたように、日暮さんは答えた。ハサミをそっと抜き取り、朋美の右手をスケッチブックの上に誘導する。感覚の無い掌で表紙を撫でる。

痛みが鋭さを増した気がした。

「ここにあるんだ。右手の感覚はこの中に。知っているから傍に置いていた」

ゆっくりと顔を上げる。どうしてわかるの？――そう問いかけようとしたら、日暮さんは柔らかく微笑んだ。

「わかります。『安藤朋美』さんはこの中に居るのでしょう？」

「……」

思わず放心してしまった。

スケッチブックは右手のリハビリに用意したものと誰もが思っていたはずだ。でも、この人だけは見抜いていた。見つけてくれた。本当の朋美の居場所を。

偶然だったのかもしれないけれど、嬉しかった。

「取り戻せますよ。必ず」

そのとき、もう一度頑張ってみようって思えたんだ。

そして今、日暮さんは朋美の決意を、芸術を捨てる覚悟を後押ししてくれている。

戸棚に置いたスケッチブックを見遣り、朋美に微笑みかける。ギクリと心が後ろめたさに震えた。

見透かされている……。

なのに、日暮さんは朋美に何も言わない。諦めるなとも、よく頑張ったねとも、何も言ってくれない。朋美の意志を尊重しているようでいて、突き放しているようにも感じられた。

「大切なお話があって来ました。僕がここに来るのは今日で最後です。調査が打ち切られたんです。朋美さんとはもう会うこともないでしょう」

「……………」

日暮さんの瞳《ひとみ》は澄み切っていて、どんな感情も宿していない。

無機物のようなその冷たさに朋美の心はおののいた。

――私は何を失おうとしているのだろうか。

音を控えて車イスを引き、なんとか多目的ホールまでやって来た。真夜中の院内は朋美だけを残して人影を消した。一応許可は取っていたので、看護士が見回りにやって来ない限り、誰の邪魔も入らない。

就寝時間の前に運び込んでおいた画材道具と描き掛けの『ひまわり』の油絵を隅っこから引っ張り出す。イーゼルに向かい作業椅子に腰を落ち着けると、朋美はすうと深呼吸した。

＊

ひまわり畑を描いた風景画。

何度も色を塗り重ねて味わいを深めた。理想の濃さを放つ真っ黄色の花々が地面に向けて一斉に顔を上げている。――父は勘違いしていたが、この絵は逆さまにするのが正しい。群生するひまわりは空に咲いており、地上に向かって逆さまに背伸びをしている構図だ。地上に迫るひまわりの顔は今にも落ちてしまいそう。それでも必死に地上を目指している姿に朋美は理想を映した。

昔からなんとなく感じていた。夏を象徴するこの力強い花は、どうして太陽ばかりを見つめるのだろうかと。その場所に届きさえすれば幸福になれると信じ切っているようだ。憧《あこが》れを追い続けるその姿が滑稽《こっけい》に思えて、苛立った。

反対に、萎《しお》れて俯く姿はここから抜け出せない絶望に打ちひしがれているように見える。足元を見下ろして、地面に縫い付けられている現状を把握して、諦めとともに枯れていく。なんとも惨めだ。

上ばかり向いているから勘違いをするのだ。おまえたちはどうあってもその場所からは動けない。太陽は遥《はる》か遠くに輝くのみで、決しておまえたちを導いたり輝かせたりはしない。

目を覚ませ。

自らを輝かせるんだ。

そのために必要なものは大地だ。

手に入れるべきものは今踏み締めているこの場所での生き様だ。宙ぶらりんのままの自分を変えたいのなら、まず地に足を付けろ。目指すは今を生きる覚悟を決めることである。

自分に言い聞かせたくて描いた。

現状を受け入れよ、と。アーティスト『安藤朋美』の人生を貫け、と。

「……とんだしっぺ返しだ」

事故に遭う前に描いたこの絵は、今の朋美を大いに皮肉った。

感覚を無くした右手、朋美を理解しようとしない身勝手な両親、それらを受け入れて芸術を捨てよと迫ってくる。

――地上を目指せ、そうすればおまえは輝ける。

「そんなわけない。何もかも投げ出そうってやつがどうして活躍できるんだよ」

それとも悲劇のヒロインでも気取ろうか。

気の利いた恋愛小説ならここらで王子様が登場する運びだ。なるほど、不幸を受け入れれば相応の幸せが転がり込んでくるかもしれない。なんて他力本願。この絵で表現したかったのはそんなことじゃない。

落ちていても、俯いていても、そこに根を生やせと訴えたかった。

地上の花であることを弁《わきま》えろと言いたいのだ。

惨めにならずに済むように。

「そう。受け入れること。何にしても、それで最初の一歩だ」

朋美は絵具箱を膝《ひざ》の上で開き、震える指で筆を摘む。

本当なら絵画を観るのも嫌なのだが、鶴岡大成の教えには逆らえなかった。一度取り掛かった作品は必ず完成させなければならない。自分の意志ではなく父に誘導されての流れが唯一癪《しゃく》ではあるが。

「……それも私らしいか。気がつけばいつも周りに流されてばっかりだったな」

この作品を最後に朋美の芸術家人生に幕を下ろそう。そう思えば、これ以上無いほどにぴったりのテーマを孕《はら》んだ作品だった。

「あ、くっ……」

うまく筆が持てない。指先は相変わらず痺れたまま。指が思うように曲げられないから隙間が開いて溢れ落ちてしまう。左手で介助してどうにか握ることに成功したが、目の前に広がる逆さまのひまわり畑に臆《おく》するように、急に右手がズキズキと痛み出す。

事故当時の、神経をズタズタに引き裂かれた、あの瞬間の激痛が蘇る。

キャンバスに手を伸ばす。筆先が麻布に触れそうになる。右手が見えない刃で切り刻まれた。

痛い。

この痛覚は実際のものじゃない、幻肢痛だ。曲げても叩いても何も感じないのに、心が弱くなったときだけ突如《とつじょ》として現れる意地悪な痛み。

脂汗《あぶらあせ》が噴き出る。動悸《どうき》がし、目眩《めまい》までした。

絵が、遠い。

右手に力が入らない。

描けない。

喘《あえ》ぐ呼吸の中で、どうして、と朋美は自問を繰り返していた。

「ハァ、ハァ、ハァ、ハァ、」

どうしてこんなことになってしまったのか。

この現状を招いたターニングポイントが一体どこだったのか、いるのなら神様に訊いてみたかった。

神様なんていない。だから、朋美は自分で考える。答えは意外なほどあっさりと出た。

お絵描きが好きなだけの女の子のままで居られたなら、きっとこんな苦しみとは無縁だった。父も金儲けに取り憑《つ》かれなかっただろうし、母もちょっと抜けたところのあるごくごく普通の主婦でいられただろう。朋美は右手を怪我することもなく、アート業界で悪評を叩かれることもない。

鶴岡大成との出会いがすべてを歪めた。元凶《げんきょう》は彼だ。大した実力もない朋美を芸術の世界に置き去りにし、そのくせお空の上からそんな可哀相な弟子を神妙な顔つきで眺めているのだ。そうに違いない。

——鶴岡大成と出会ってさえいなければ、私は幸せな人生を送れたんだ。

薬品臭い病院の、
誰もいない真夜中の多目的ホールに、
筆さえ満足に持てない未熟な芸術家がいた。

「…………ふっ」

——これが、私。こんなものが、私の人生。

キャンバスに手を伸ばしたまま、次第に視界はぼやけていく。

「う、う、ぅあああ——」

涙が溢れた。ぼろぼろと、堰《せき》を切ったように止まらない。事故のときも、右手が動かなくなったときも、決して流さなかったというのに。朋美は子供のように泣いた。

気がついてしまった。一度悟ってしまえばそれが真実であるような気がしてならない。

——朋美と出会ってさえいなければ、鶴岡大成は死なずに済んだのかもしれない。

罪悪感に押し潰されそうになる。

朋美が芸術を志さなければ、誰もが幸せであれたかもしれなかった。

「あ、あ、オジ、オジサン……」

きっとこれは罰だ。

右手も、家族の不和も、鶴岡大成の死すらも朋美が招いた不幸のように感じられた。

絵が上手いと褒められ調子に乗って、鶴岡大成の一番弟子を名乗り始めてから何もかもが狂い始めた。すべての原因は安藤朋美にあったのだ。

「わ、わた、しが、ガレージに、行かなかったら良かったんだ……」

遠くから眺めるに留めておけばいい。太陽にはどうやったって届きはしないのだから、首を持ち上げるだけで満足しておくべきだった。

「絵なんて描かなければ良かったんだ……ッ！」

身の程を弁えろ。

おまえなんかが鶴岡大成みたくなれるわけないじゃないか。

「そうだ。どうせ肩書きだけだもん。私の絵に価値なんてないんだから」

そのときだ。

「そんなことありませんよ」

背後から響いた声に朋美の体は固まった。折れた足に力が入らないだけでなく、泣き顔を見せたくないから振り返らなかった。

声だけでわかった、多目的ホールにやって来たその人は、日暮さん。

「……どうして」

ここにいるのか。真夜中の病院を訪れるのに偶然は通用しないはず。けれど、日暮さんは驚くほどあっさりと白状した。

「朋美さんが気になったから。おそらくここで絵を描いていらっしゃるんじゃないかと思って。来て正解でした」

軽やかにスリッパを鳴らして近づいてくる。

「絵を描いていたからこそ僕は君に出会えたんです。鶴岡大成の遺作探しは朋美さん抜きには立ち行かないでしょうからね。君が絵を描き続けていたから、僕は君に会いに来た。君に会えた」

朋美の傍らに立ち、『ひまわり』の絵を眺める。そして、腰を屈めて朋美と視線の高さを合わせた。横目で窺うと、日暮さんは今までにないくらい優しい表情を浮かべていた。

「そして、君の作品に触れられる。僕にとって価値あることです」

朋美の右手に日暮さんの右手が重なる。そっと包み込むように、労るように、朋美の手を優しく握る。羞恥《しゅうち》と緊張と、そして痛みで、朋美の右半身が強張った。絵筆を取り落としそうになり、すかさず日暮さんが安定させる。

「逃げないで。逃げていたらその痛みは無くならない」

「なん、で……。い、痛み、」

「僕の目には視えるんです。その痛みの正体はストレスです。朋美さんが絵に対して無意識のうちに臆病になっているときにそれはやって来る」

支えられた右手がキャンバスに向かう。筆先はようやく麻布にぶつかり、ゆっくりと色を塗りつける。

「僕が力を加えます。朋美さんは筆先に集中してください」

日暮さんの体温が右手に広がる。そんなはずないのに、この手はしっかりと感覚を取り戻していた。少しずつ、少しずつ、日暮さんとの呼吸が合わさり、この体は彼と一つに重なったように錯覚した。まるでダンスのよう。身を寄せ合ううちに、朋美の右手は日暮さんの右手と一体化して自由自在に色を引く。

ドキドキと胸が高鳴る。ワクワクと気分が高揚する。

絵を描けている。

未完成の『ひまわり』に徐々に命が吹き込まれていく。

楽しい、楽しい、楽しい――――！

「右手、痛くないでしょう」

「あ」

そういえば。日暮さんの手が優しいから、それで痛みが和らいでいるのかしら。

「痛まないのは朋美さんが絵と向き合ったから。君はずっと絵を描きたくて仕方がなかったんです」

なんでもないことのように口にするが、朋美には意外な台詞だった。

だって、朋美は鶴岡大成の後継者という肩書きを持つだけで、実際は大した画家じゃなく、それればかりか師の評判を下げてばかりだった。それでも義務感に突き動かされて作品を作り続け、仕舞いには朋美の個性は要らないと通告された。

描きたくない物を描いてまで縋りたい名誉ではなかった。

だから辞めたいと思った。この痛みもそれを後押ししているのだと思った。

絵が描きたいだなんて、そんなこと、今はもう……。

この絵が最後だって決めたばかりなのに……。

なのに。なんで。

「捨てることなんてできません。もうわかったでしょう。君は、絵を愛している」

「――――っ」

今度の台詞はしっくりと来た。胃の腑《ふ》に落ちて、空きっ腹が満たされたような。

それこそ初心であろう。お絵描きが大好きだった女の子が、そのままプロの世界に足を踏み入れたのは、偏《ひとえ》に絵を、芸術を愛していたからだ。ターニングポイントは物心ついたときだ、あとは身の回りの環境が複雑に作用しただけの話。

涙がすっと頬を伝った。さっきとは違う温かな一滴。

「私、辞めたくない……！　もっともっと描いていたいよ……！」

「大丈夫。取り戻せますよ、必ず」

もう一度、日暮さんは励ましの言葉を朋美にくれた。

夜が明け始める頃、『ひまわり』の絵は完成した。しばらく放心したように絵を眺め、その間中ずっと日暮さんは手を繋いでくれた。「おめでとう」と言った彼の顔が恥ずかしくて見られない。

日暮さんのおかげで立ち直ることができた。これからもこの右手を支えてくれるなら、もっともっと絵が上達するような気がする。この温もりからは離れがたい。

朋美はある決心を固めていた。

もう会えないと言った日暮さんに、朋美は最後の悪あがきを見せる。

「日暮さんにあげたい物があるんだけど、その」

ずるい手かもしれない。けれど恋する乙女は手段を選ばないのだ。

「だから、……また、会ってくれますか？」

日暮さんは柔らかく微笑むと、「喜んで」そう言ってくれた。

＊

駅西口付近の繁華街、その中心地のとある雑居ビルに、日暮旅人が所長を務める『探し物探偵事務所』はあった。

事務所を兼ねたリビングに通されたのは安藤朋美の父親である。安藤は連絡があったその日のうちに事務所を訪ねてきた。

雪路雅彦がお茶を配膳《はいぜん》し、日暮旅人が座るソファの後ろまで引いたところで、早速安藤が切り出した。

「首尾良く行ったということですが？」

その顔は期待に満ちて爛漫《らんまん》と輝いていた。

「ええ。実はもう少し時間が掛かるものと考えていたのですが、予想以上に楽な仕事でしたもので。あまり時間を掛けて調査費用を水増ししているものと勘違いされても困るので、勝手ながらこちらから打ち切らせて頂きました」

日暮旅人はわずかに口元を歪め、皮肉を込めて安藤を見遣る。安藤は若干居心地悪そうに身じろぎし、胡麻《ごま》をする。

「それはそれは。いやあ、大したものだ。契約期限内に調査を終わらせて、なおかつ経費にまで気を配って頂けるとは。探偵の鑑《かがみ》です」

「おもねりは結構です。私たちは感謝されたいわけじゃない」

「ごもっとも、ごもっとも」

雇《やと》われただけの探偵にここまで傲慢《ごうまん》な態度を取られても平身低頭を貫く。依頼した品が手に入ったとあらば返しきれないほどの恩となる。若造のご機嫌を伺《うかが》うくらい訳はなかった。

「娘さんの様子はどうですか？　何か変わったところはありませんか？」

「変わりましたとも！　私どもの前では相変わらず反抗的ですが、創作には意欲的に取り組むようになりました。筆を持つのに難儀しておりましたので今は陶磁器を作りながらリハビリに励んでいるところです。この調子で行けば一年後には絵筆を持てるようになると医者に言われました」

安藤は興奮して言った。容態の良化が喜ばしいのは娘を気遣ってのものではもちろんない。

「それは良かった。娘さんの作品を心待ちにしている人は世界中にいますからね」

日暮旅人の言葉はわかった上での皮肉であった。

「すべて日暮さんのおかげです。朋美のやつ、よほど日暮さんのことを気に入ったのでしょう、病院に行くのにも薄く化粧までするようになりまして。いつ貴方《あなた》と遭遇《そうぐう》してもいいようにね。まったく、少し前まではそういうことには無頓着《むとんちゃく》だったくせに。一丁前に色気づいてしまって」

「ご依頼されたとき、『誑《たぶら》かしてでも』と仰ったのは貴方ですよ、安藤さん」

「いやいや、別に責めているわけでは……」

安藤は慌てて首を振った。こんなことで機嫌を損ねられては困る。

安藤が日暮旅人に探すよう依頼した物は、もちろん『鶴岡大成の遺作』である。安藤は朋美が隠し持っていると睨《にら》み、自ら探ってみたものの普段からの軋轢《あつれき》もあって朋美に白状させることができなかった。強引に迫ったせいか、いつしか朋美は父親を冷たい目付きで見るようになる。それが堪らなく癪に障り、手段は選ばないと決めたのだった。

安藤は遺作の在処《ありか》を探るために若い男を使って朋美を籠絡《ろうらく》させることを思いつく。その点に関して日暮旅人はよくやってくれた。朋美は彼に夢中だ、端から見ていてもそれはわかる。

「これまで芸術に生きてきたせいで恋愛とはまるで無縁の生活を送ってきた思春期の女の子、しかも右手を怪我して心はひどく落ち込んでいるときている。付け入るにはとても簡単な相手です。少し励ましただけでコロッと騙されてくれました。優しい言葉を掛けてくれるなら誰でも良かったんですよ、お宅の娘さんは」

「いやあ、お恥ずかしい限りです。しかし、娘にとっては良い経験だったろうと思います。これで作品作りに幅が出れば言うことはないのですが」

「物足りないようでしたら言ってください。いつでも口説きに参りますよ。もちろん調査という名目でね」

互いに意地の悪い笑みを見せた。背後で構えていた雪路雅彦はふいっと顔を背ける。二人の会話に嫌気が差したのか、その表情は硬い。

「それで、あの、今日ご連絡頂いたのは？」

「先ほども言いましたが、予想よりも早く娘さんを信用させることに成功しましてね。もう会えないと告げたら僕を引き留めようと必死になってくれまして。それで、これです」

日暮旅人は「ユキジ」と背後に向かって一言命令した。

雪路雅彦は隣室から見覚えのあるスケッチブックを持ち出した。安藤は驚きに目を見開いた。

「そ、それは……」

「娘さんが持っていた物です。病室にもあったでしょう？　これは練習用ではありません、鶴岡大成の作品集でした。普段から持ち歩いていたんですよ。用心してね」

留守中に家捜《やさが》しされるのを恐れたのだろう、と日暮旅人は推理した。実の親でさえ信用しないような娘だ、それはあり得る話だった。

雪路雅彦は手にしたままスケッチブックを順々に捲《めく》っていく。色彩豊か、と言うには若干けばけばしい色の組み合わせをした水彩画が何点も詰まっていた。

「これはまた前衛的な絵だ。ピカソを彷彿《ほうふつ》とさせますなあ」

安藤が感嘆の声を上げる。発表する気の無かった練習用なのかもしれない、しかし価値ある一品には違いなかった。

「私どもでは判断が付きませんが、娘さんは確かにこれを『鶴岡大成の遺作』と認めて私に譲ったのです。おそらく本物であろうかと」

本物で間違いないはずだ。朋美は日暮旅人に惚れている。貢ぎ物に偽物を宛《あて》がうような打算が世間知らずのあの子にあるわけがない。

「見せてください！」

昂揚《こうよう》に任せて手を伸ばす。誰もが求めて止まなかった代物がついに発見されたのだ、一刻も早く中身を確認して歓喜したい安藤であったが。

日暮旅人は片手で安藤を制し、同時に雪路雅彦もスケッチブックを閉じて数歩後退した。何事かと目を瞬かせていると、

「まず先に報酬《ほうしゅう》を頂きたい。依頼品の受け渡しはその後です」

「いやしかし、中身を確認しないわけには……」

「先ほども言ったように、こういった美術品は私たちでは判断が付きません。鑑定人に見てもらおうにもこのスケッチブックには鶴岡大成のサインなどがありませんし、価値が付けられるものなのか正直微妙です。これが鶴岡大成の遺作であることの証明は安藤さんの娘さんの証言のみです。つまり、後から『これは偽物だ』と言って報酬を踏み倒される心配がこちらにはあるわけですよ。ですから、真贋《しんがん》にかかわらず安藤

さんには調査費用と報酬を先に支払って頂きたいのです」

「な、馬鹿な。成功報酬だと言ったじゃないか⁉　それでは君たちが偽物を掴ませて『本物』と言い張ることだってできるんだぞ⁉」

するとと、日暮旅人は両手を膝の上で組んで、口元を怪しげに歪ませた。

「ご心配なく。私たちは常に誠実です。これは確かに貴方の娘さんから譲って頂いた物。私が『鶴岡大成の遺作』を探していることを知っていた彼女からのプレゼントです。偽物のはずがないじゃないですか。信じてくださいよ、私を、娘さんを。

それでも信じられないというのであれば、娘さんに直接尋ねてみればよいのですよ。それで真贋ははっきりするはずです」

「っ」

訊けるはずがない。言えば、どうして日暮旅人に譲ったはずの物を持っているのかという話になり、探偵を雇っていたのが安藤であることがバレてしまう。そうなってはおしまいだ、不信感を募らせた朋美は二度と絵を描かない。

そこまで思考してから、ハッとする。

日暮旅人は安藤の表情に目敏く気づき、にやりと笑った。

「そういうことです。私から娘さんに暴露することだってできるんですよ。このことを話したら、どうなるでしょう。私に優しくされたことも、励まされたことも、すべて父親が『鶴岡大成の遺作』欲しさに差し向けたものだったと知ったら。きっと二度と立ち直れなくなるでしょう。それは、安藤さん、貴方にとっても十分な痛手ではないですか？」

痛いどころの話ではない。朋美にはまだまだ作品を描いてもらわなければ困る。

「物足りないようでしたら言ってください。いつでも口説きに参りますから」

それは脅迫《きようはく》だった。

背筋に嫌な汗が流れた。ここで脅迫に屈してしまえば今後も事ある毎に金を無心《むしん》されてしまう。しかし、従わなければそれこそ破産だ。警察に訴えるか？　いや、駄目だ。騒ぎを大きくすれば朋美に知られてしまう。それだけは回避しなければならなかった。

従わざるを得ない。まさかこんなことになるなんて。

「こちらが請求書です。振り込みが確認できたらスケッチブックをお渡しします」

「おい。なんだこのデタラメな請求額は!?」

渡された請求書に記載された金額は、当初の設定金額から数百万も上乗せされていた。法外な額に狼狽する。

「これを一度に入金しろというのか⁉　馬鹿げている⁉」

「そうでもありません。投機目的なのでしょうが、娘さんの絵で、ストックしているものがまだあるでしょう。それらを売ればすぐに支払えます」

「今市場価格は下がっているんだ。売れば儲けが少なくなる！　おまえ、わかって言っているのか⁉」

「娘さんが描けなくなってもいいんですか？　ストックしている数点を取るか、今後美術品を生み出し続ける娘さんの将来を取るか。答えはすでに出ていますよね？」

「……」

もはや抗《あらが》う術《すべ》はない。項垂《うなだ》れる安藤は十歳は老け込んだみたいにやつれて見えた。

「それでは、後日また。良いお返事を期待しています」

扉を開けて退出を促す日暮旅人。終始笑みを浮かべるその姿が安藤には人でなしに思えた。


安藤を送り出し、持っていたスケッチブックをその辺に放り投げて、雪路が吐き捨てるように口にした。

「マジで性格悪いな、アニキ」

旅人が里親をしている義理の娘、百代灯衣が保育園に行っている間に交渉が済んで本当に良かった。あんなあくどい父親の姿を見せるのは教育上よろしくない。同席した雪路とてあまりいい気持ちはしていなかった。

最近は鳴りを潜めていた旅人の腹黒さが、ここ数日の間に再び顔を覗かせ始めていた。雪路が事務所を不在にした先週の日曜日に何かあったのだろうと推測するが、当日事務所に居たはずの陽子に未だ会えていないので何があったのかは訊けていない。当初の目的どおりだったとはいえ、安藤への対応は演技ではなくそちらの憂《う》さ晴らしも兼ねていたように感じられた。

「それで、気は済んだのかよ？」

旅人は特に反応を示さず、ソファに深々と座って天上を仰いでいる。何かしら思うところがあるのだろう、追及するのは勘弁しておいた。

安藤に『探し物探偵事務所』を紹介したのは幸田アートという画商のオーナーである。雪路の父、雪路照之《てるゆき》が美術品を買い付ける得意先というだけの縁だった。しかし、この一件で雪路照之との顧客関係に支障を来すようなことがあればその矛先《ほこさき》は当然雪路に向けられる。旅人が好き勝手やってくれたおかげで父から折檻《せっかん》されるかもしれないと思うと、やりきれない。

「またしばらく実家に戻れそうにねえな。……ま、いいけどよ」

会いたい家族なんて別にいねえし、おかげで金にも困らない。金に罪はないので報酬はパーッと使い切ろうと心に決めた。

「ユキジ、訊きたいことがあるんだ……」

今にも消え入りそうな旅人の声。その落ち込み具合からまたぞろどんな心の葛藤《かっとう》を抱えているのかと眉を顰める。

「あんだよ？」

「僕の絵は前衛的で、まるでピカソみたいだと言われたんだけど」

床に落ちたスケッチブックを哀しげに見つめながら、言った。

「僕には絵心が無いのだろうか」

「ねえよ。一目瞭然《いちもくりょうぜん》だろう。わからなかったのか？」

正直に答えるとがっくりと肩を落とした。――って、おいおい、落ち込んでいたのはそれが理由かよ。呆れて言葉も出ない。

スケッチブックを占拠するあのけばけばしい絵はすべて旅人が描いたものだった。

一度描いてみたかったらしく、同じ表紙のスケッチブックを用意し灯衣をモデルにして張り切って筆を振っていたのだが、出来上がった物はすべてセンス皆無の抽象画でしかなかった。安藤に直に見られていたらすぐに偽者と見破られていたことだろう。遠目から見せて正解だった。……引き渡す際にはスケッチブックごと新しい物に差し替える必要があるな、仕方ない、今度は俺が描くか。余計な仕事が増えてうんざりする。

「テイはすごく上手だと褒めてくれたんだ……」

「園児に気を遣わすなよ」

旅人はその特異な目を使えばどんな絵だろうと正確に模写することができる。また、絵描きの癖や心情を見抜けばある程度完成図が視えるらしい。手先が不器用でも注意すればそこそこ味わいのある絵に仕上げられるのだ。

しかし、それはあくまで模倣《もほう》という形を取った場合だけで、旅人が自分の感性で絵を描こうとすれば元来のセンスの無さが浮き彫りになる。目の前にいる灯衣を描いていても旅人に掛かれば四肢《しし》の関節がおかしい不気味な生き物に仕上がるのだ。自信満々な父親を「パパったら天才ね」などと大らかに褒めそやす灯衣がいじらしい。

絵心の無さに落ち込んでいるということは、安藤を騙したことに罪悪感は覚えていないようだった。

「そりゃムカつく親父だったけどよ、あそこまで追い込むほどか？」

「……」

するると、旅人は自室から一枚のキャンバスを持ってきた。安藤朋美から貰《もら》ったという『ひまわり』の絵だ。棚の上に立て掛けて飾る。

「とても良い絵だよ。これまで発表された安藤朋美のどの作品よりも心が篭もっている」

その表情はとても柔らかい。絵の向こうに安藤朋美を見ているかのような。

「朋美さんは誑かしていい人間じゃないよ。実際に会ってみてわかった。僕は純粋に彼女の為になりたいと思ったんだ」

「それで親父を騙すのか？」

「私欲の為に子供を切り売りするような親だ、もっと追い込んだっていいくらいだよ」

里親とはいえ、同じく娘を持つ男親として安藤の考え方が許せなかったのだろう。本人に自覚があるかは知らないが、旅人は親というものへの憧れを強く持っており、理想と乖離《かいり》するほどに言いようも無い怒りに襲われるようだ。

「恥を掻くだけで済むんだ。手加減した方だと思うけど」

制裁としては十分だ。高い授業料も払っており、そちらの方が安藤にとっては手痛かったはずで、これに懲りてしばらくは大人しくなるだろう。せめて安藤朋美がリハビリを終えて父親のマネジメントを必要としない大人になるまでは引きずっていてほしいところだ。

「しかし、もったいないことしたな。本物の『鶴岡大成の遺作』に手が届き掛けたっていうのに」

そう言うと、旅人は苦笑した。少しだけ申し訳なさそうに目を伏せた。

「本当は、調査に行った初日にもう諦めていたんだ。朋美さんが抱えていたスケッチブックが『鶴岡大成の遺作』であることはすぐにわかった。そして、それが彼女にとってどれほど大切な物であるのかも、ね」

取り上げられれば安藤朋美は壊れてしまう。リハビリと父親によって疲弊した心を支えていたのは師が残したスケッチブックのみという危うさだ、そんな精神状態を憂えた旅人の判断に文句は付けられない。

「とはいえ、せめて中身だけでも拝みたいところだけどな。美術史にも残るほどの価値があるって話だし、気になるぜ。アニキは知ってんのか？」

どんな絵が描かれているのか。尋ねると、旅人は首を横に振った。

「知らない。あれは朋美さんの心の一部だから、他人が暴いていいものじゃないよ」

「他人かよ……」

安藤朋美が慕い、もう一度会いたいとさえ思わせた男性を、自分自身を、「他人」と言い切った。安藤朋美を籠絡するというのは安藤父が言ったことであり、誑かしたことも事実だが、しかし本意ではなかった。だから彼女が一時の感情に流されて芸術を捨てそうになったとき、調査を打ち切ったのである。芸術への情熱を思い出させるために。

このことからも旅人が安藤朋美を今回の依頼の関係者だと割り切っていることがわかる。後腐れないように身を引く嫌らしさは、最近はあまり見られなかったのだが。

それでも安藤朋美を案じる気持ちに偽りはないようで、『ひまわり』の絵を愛おしそうに指でなぞっている。その顔はどこまでも哀しげで。

「もしも利き腕が使えなくなったとしたら、どうする？」

唐突に、そんな仮定の話を振ってきた。

雪路は質問の意図が摑めず、適当にあしらおうとしたが、旅人が真剣な表情を向けていたのでとりあえず真面目に答えた。

「……リハビリするだろうな。不便ではあるが生きていけなくなるわけじゃない、でも、いつかここぞというときに使えなかったらたぶん後悔すんだろ。だから、取り戻す」

答えを受けて、旅人は眩しそうに目を細めた。

「強いな」

その呟きは小さく響き、雪路の心に共鳴した。朋美との関係に一線を引いた理由がなんとなく察せられた。

失った感覚を取り戻そうとする姿勢は、旅人のこれまでの生き様とは背反《はいはん》する。雪路でさえ当たり前のように取り戻すと言ったのだ、旅人には痛烈な皮肉となったはずだ。

向き合わなければならない。

旅人にとって安藤朋美が弱さの表象となるのなら、乗り越えるべき壁である。死ぬことを諦めた旅人を前向きに生かすにはこれを克服する必要があった。

「今度、安藤朋美の見舞いに行こうぜ。あの親父への牽制《けんせい》にもなるしな」

生きることが辛いのは当然だ。それでこそ生きている実感だろう。

旅人が若干嫌そうな顔を浮かべるのを見て、雪路は少しだけ安心するのだった。

＊　＊　＊

朝焼けに輝く屋上で、私は意を決して日暮さんと向き合った。しかし、

「あのスケッチブックは頂けません」

断られた。依頼品である『鶴岡大成の遺作』を譲ると言ったのに、彼は首を横に振ったのだ。私の好意を嗅《か》ぎ取って、どんな手を使ってでも引き留めようとする浅ましさを見抜いていて、それを拒否したものと思い、泣きそうになった。

けれど違った。日暮さんは代わりに『ひまわり』の絵をくださいと言った。依頼品とは全然違うし市場価値も無いあんな物を一体どうするのか。不思議に思って訊くと、彼もまた不思議そうに私を見つめた。

「どうするって、飾るんですよ。僕の事務所にはインテリアがあまり無くて。朋美さんの絵を飾ればそれだけで華やぐと思うんです」

「……でも、お仕事場に飾れるほど価値無いよ？」

するとまた、日暮さんは不思議そうに目を見開いて。

優しく微笑んだ。

「僕が好きなんです。それだけじゃ価値になりませんか？」

「……」

作られたすべての芸術品には価値がある。そこに優劣は必要ないって、思ってた。

でも、今、はっきりした。付加価値というものが観る人によって与えられるのだということを、理解した。日暮さんは私の絵が好きだと言った。『鶴岡大成の遺作』よりも——、って自惚《うぬぼ》れかもしれないけれど、そのくらい想ってくれている。

好きだということがプラスアルファの価値となる。

必要とされたなら、その人の元に行くことが芸術品にとって幸せだと思う。

「スケッチブックに描かれた絵を、真に理解できるのは朋美さんだけでしょう。違いますか？」

「……そう、だと思う」

「なら、それでいいじゃないですか」

スケッチブックの中に『私』を見つけた彼の言葉に、ただ頷くことしかできない。

お仕事よりも何よりも、私の心を気遣ってくれるその優しさに胸が締め付けられた。

この話題はそれきり打ち切られた。どちらからともなく屋上の端まで歩き、柵《さく》の向こうに広がる果てしない水平線を見つめた。夕暮れの黄金よりもなお眩しい朝焼けの光を弾く海は、日暮さんの横顔をキラキラと輝かせる。

眼鏡を掛けたその顔は、私の目をいつまでも釘付けにした。

絵に閉じ込めておきたくなるほどに美しい。

「日暮さんにあげたい物があるんだけど、その。……だから――」

約束するね。

頑張ってリハビリして、頑張って右手を治して、そしたらあなたを描くから。

そのときは、また、会ってくれますか。


ガレージに遊びにやって来る子供たちを、鶴岡大成はスケッチし続けた。どいつもこいつも物作りに夢中で、その顔を描かれていることに気づいていない。

「――って、あ⁉　私の似顔絵まであるじゃん⁉　いつの間に⁉　ちょっと、寄越しなさいよそれ！　許可も無く勝手に描くなーっ！」

朋美は顔を真っ赤にして飛び掛かるが、鶴岡大成は舌を出しつつ軽やかに逃げて行く。開け広げられたスケッチブックには真剣な表情や楽しそうな笑顔が――芸術に一生懸命な朋美の姿が次々と描かれていた。

「好き勝手描け、好き勝手作れ。いつも言っているだろう？　だから、好きなものを描いてみた。悔しかったら朋美ちゃんも描いてみなさい」

いつか好きなものを見つけたとき、それを上手に描けるように常日頃から努力を怠《おこた》るな、そう教えられた気がした。

朋美は現在、必死でリハビリを続けている。

徐々に感覚を取り戻していく右手。痺れや無痛覚は相変わらずだが、拳《こぶし》の形にまで握り込めるようになった。不安定でも筆を自力で持ち上げられる。そんなことがものすごく嬉しかった。

時折、右手に刻まれた傷口が幻肢痛を招いて痛み出す。朋美は愛おしそうに右手を撫でた。

「待っていてね。日暮さん」

好きな人を描きたいと思うたびに、この手は疼く。

気持ちを代弁するように。

ズキズキと、早く早くと、痛むのだ。


（了）

# 憧憬の館

生涯ただ一度だけ、父――羽能聡仁《はのうそうじん》から贈られた玩具がある。

実業家として世界中を駆け回り、半生を費やして財界にその名を轟《とどろ》かせるほどの資産家となった羽能聡仁は、絵に描いたような仕事人間であり、そして、家族を顧みない人だった。当然、実の息子にも父親らしいことは数えるほどしかしてこなかった。我経済、そして政治の分野においても強い発言権を得た羽能聡仁は傲慢になった。我こそ偉大であると自負していた。人間の理想像は自分自身であり、そこに至れぬ者は総じて出来損ないと見下した。

あまりにも自己中心的で、あまりにも独善的。そして、孤高であった。

息子の目から見ても遥かな高みにその人はいた。血の繋がりさえ疑ってしまいそうになるくらい、羽能聡仁は超然としていたのだ。

「私のようになりたいのなら、まず城を持て。常に長であり続けよ。立ち止まるな、顧みるな、容赦するな。こうと決めたのなら突き進め。おまえを止めようとする者は皆、敵だ。真に味方は己だけだ。このことを心に留め、励め」

玩具とともに贈られた言葉である。当時は意味さえわからなかったが、傍にいた母が無表情で立ち尽くしていたのがとても印象的だった。

玩具は、その頃とても高価だった電動乗用ミニカーだった。ラジコン操作で子供を乗せたまま走行できることで話題となった。上流家庭向けに売り出されたミニカーは、羽能聡仁が大株主の玩具メーカーから金券と一緒に贈られた物らしく、羽能聡仁が積極的に選んだ物ではなかった。息子は父からの初めてのプレゼントに大いに喜び、羽能聡仁は家庭的なイメージが対外的に信用を得られることを学び、家族サービスの有用性を実感する。

海辺に新居を建てた。家族三人で暮らすには大き過ぎる豪邸であったが、それまで羽能聡仁の事業に付き合い海外を飛び回っていた母と息子にとってはようやく得られた安息である。これからは三人仲良く暮らせていけるものと考えていたが、羽能聡仁は二人に家を買い与えたくらいにしか考えておらず、変わらず多忙を極め、以前と同じように家族を顧みなかった。

「何が不満なのだ⁉　何不自由ない生活を送れているのだぞ、他に何が望みだ⁉　金ならばいくらでもあるだろう、好きに使え。いちいち私を煩わせるな」

偶に帰ってくる羽能聡仁に罵倒《ばとう》される母の顔つきは、年々能面じみていく。ただ妻の傍に、息子の傍に居て欲しい。そう訴えたいだけなのに、羽能聡仁には伝わらない。

——お父様を驚かせてあげましょうね。

母とこっそり企んだ計画。まだ七歳だった息子は父に自分の成長を見せたくて、電動乗用ミニカーに乗って羽能聡仁のいるリビングまで運転していく。最後のコーナーを曲がって到着、母の傍らに立つ羽能聡仁を見上げて息子は得意そうに笑った。

——見て、お父様！　ぼく、こんなにうまく乗れるようになったよ！

「……」

羽能聡仁は一瞥をくれただけで通り過ぎていく。立ち去る足音がドスドスと不快感を露わにしていた。呆然と見送る息子は頭の片隅で「何がいけなかったのか」を懸命に考えた。一体何が父親の機嫌を損ねたのか。自分の落ち度を検証しようと電源を切ったラジコンをガチャガチャと操作していると、母にきつく抱き締められた。

母は声を殺して静かに泣いた。

家族団欒《だんらん》を夢見て作った料理が冷えていく。玄関から慌ただしい音が聞こえてきたかと思えば、ガレージに停めてあった車のエンジン音が次いで鳴り響いた。羽能聡仁はただ妻と息子の様子を——自分が築いた家庭という箱の様子を確かめに来ただけだった。リビングに取り残された母子はしばらく動けずにいた。

羽能聡仁にとって家庭とは事業を有利に運ぶための装飾でしかない。妻帯し、生まれた子供に愛情を注ぐ父親像は、海外の資本家から信用を得る一つのステータスらしく、それ以上の意味はなかった。外から見て理想的な家庭を築いていればそれで良く、内側がどんなに冷え切っていようと興味はなかった。

間もなく、母は浮気をした。家政婦に家事を任せ、男を家に連れ込んで密会を重ねた。酒にも溺《おぼ》れ、アルコール中毒にまで罹《かか》った。すべては羽能聡仁を振り向かせたい一心だった。なのに、羽能聡仁はそんな妻を一顧《いっこ》だにしなかった。

ある日、二階の子供部屋から、庭先で電動乗用ミニカーを燃やしている母を見た。その後ろ姿は怒っているようにも、泣いているようにも見えて、息子は目が離せない。

父から初めて貰った玩具を、母が燃やしている。

何をショックに思えばいいのかわからない。父の態度か、母の涙か、燃やされた玩具か。

息子はガチガチと歯を鳴らし、歪んだ家庭の在り方に恐怖する。比べる対象が無くとも「何かが違う」と察知する。羽能聡仁が用意したこの豪邸内で行われる『家族ごっこ』に囚われている実感に、言い様のない絶望を覚えるのだ。

そうして、母は不貞を働いた羞恥と罪の意識に耐えきれずに自殺する。

葬儀の際、息子は羽能聡仁の「私の顔に泥《どろ》を塗りおって。恥さらしめが」という呟きを耳にする。このとき初めて母が可哀相な人であったと知った。

母を亡くしたことで、息子は海外に連れて行かれることになった。羽能聡仁は主に米国に腰を据えて事業に当たっており、中学校から現地校に通わされた息子は、当然英会話に苦戦し、すぐにホームシックに罹ってしまった。羽能聡仁はそんな息子を特別に配慮することはなかった。

むしろ激怒し、失望してみせた。

「不出来な己自身に足止めを喰《く》らっていてどうする。おまえのような奴が息子だと思うと情けなくなる。死ぬ気で励め。せめて世間に恥ずかしくない程度には成長してみせろ」

息子は日本の高校に通うことを決心する。とにかく冷徹な父の元から離れたかったのだ、一人で勝手に進路を決め、受験や渡航に際しての諸々の手続きを済ませ、あとは必要書類に判を捺《お》すだけという段に入ってからようやく羽能聡仁に打ち明けた。

羽能聡仁は息子を睨み付けると、大人しくそれらに判を捺した。

「高校の寮に入るのはいい。だが、向こうでの身元引受人は別に用意する。必ず挨拶に向かえ。わかったな？」

息子の日本への帰国に際しても、羽能聡仁は自分を売り込むことを忘れない。

身元引受人は、とある地方都市の名士で、羽能家とは遠縁関係にあるらしい。それまでさほど交流が無かった某氏《ぼうし》とこれを機に関係を深めようという腹積《はらづ》もりだった。日本で暮らせるのなら何に利用されようともはやどうでもよかった。

度重なる環境の変化か、元々知能指数が低かったのか、学力は伸び悩んだ。校内での成績は中の下。目標としていた大学にも落ちてしまい、志望している以外の大学、学科には行く気がなかったため浪人を覚悟した。

しかし、羽能聡仁は息子の失敗を許さなかった。現役で大学合格できないと知るや否や羽能聡仁が経営する会社の一つに無理やり就職させられた。息子の経歴に無職やフリーターの期間があることを嫌ったのだ。

入社後一年あまりであり得ない昇進と人事異動が行われた。日常業務さえ人並みにこなせないくせに、コネだけで出世を呼び込む七光り。同僚からは当然嫌われた、人付き合いが得意でないこともあって弁解する機会を逃し、ますます周囲から疎《うと》まれていく。

「貴様に能力が無いから馬鹿にされるんだ！　無能だと自覚しているならばもう何も

するな。胸を張れ。偉そうにふんぞり返っていろ。無能な貴様にもそれくらいはできるはずだ。それ以上のことは求めんから大人しくしていろ！」

与えられた環境と与えられた肩書き。なんて荷が重い。こんなものを背負わされているのは、偏に、父が体面を気にするあまりだ。

高校時代に身元引受人を務めた名士に触発されて、行く行くは政界へ進出しようと考えているらしい。ここでも実績の他に良き父親というイメージが武器となる。妻の自殺という汚点を息子の活躍でカバーさせたいのだ、息子に身の丈《たけ》を越える役職を与えるのはそういう理由からで、息子にしてみればいい迷惑である。

——僕はお父様の操《あやつ》り人形じゃない！

初めて本音をぶちまけた。羽能聡仁はしかし、つまらなげに息子を見遣ると、

「糸のくたびれた操り人形ほど使い勝手の悪いものはないがな。学力も振るわん、特技もない、何も出来ない穀潰《ごくつぶ》しが今の貴様だ。儂《わし》が世話をせずとも生きていけると思ったか？　勘違いするな。言われたこともできん出来損ないはせめて黙っていろ」

それから五年間、出来の悪い操り人形として過ごした。会社に行ってもほとんど仕事はなく、なのに給与は人よりも高い。居たたまれずに直属の上司に掛け合ったが、腫《は》れ物に触るように接せられ、逃げられた。同僚たちも陰口を叩かなくなる代わりに

息子をいないものとして扱った。――そうか。ここは玩具箱の中なのだ。羽能聡仁から贈られた玩具箱。生身の人間である僕が玩具と意思を交わすことなんてできるはずないじゃないか。

いや、違う。もしかすると、玩具はきっと僕の方だった。

羽能聡仁の玩具だ。やがては人生丸ごと燃やし尽くされるのだ。母が電動乗用ミニカーを燃やしたみたいに。羽能聡仁の機嫌を損ねたとして。

このままではいけない。羽能聡仁の手が届かない場所に行かなければ――。

そして、息子は消息を絶った。

『貴方の息子は会社から逃げ出し行方を暗ましました。

なんて恥ずべきことでしょう。

我慢ならないと思います。ならば、さあ、見つけ出してみましょう。

これは僕――羽能章仁《あきひと》から羽能聡仁への挑戦状です』

＊　＊　＊

真っ黒な高級外車が都市高速を突き進む。目的地である市内中心部はすぐそこだ。

運転席でハンドルを握る雪路は、バックミラー越しに後部座席でふんぞり返る老人を見遣る。ロマンスグレーの落ち着きの中に厳つい表情を浮かばせて、貫禄《かんろく》を湛えていた。

羽能聡仁。財界で名を轟かせる資産家である。雪路家とは遠縁関係にあり、父・雪路照之とも親交があった。もちろん雪路も面識はあったが、こうして運転手をさせられていることを不思議に感じ、また癪に思った。

「まだ着かんのか？　何をちんたら走っているんだ？」

「ったく、せっかちなジイサンだな。十分前にも同じこと訊いたぞ」

本来羽能にはお付きの運転手がいるのだが、今回はお忍びということもあり運転手には休みを取らせ、雪路に運転を任せていた。人をホテルまで呼びつけておいてこの扱い、相変わらずの傲慢っぷりに早くも嫌気が差していた。

「もうしばらく掛かると思いますよ。お休みなられたら如何《いかが》ですか？　到着したら起こしますので」

助手席の旅人がフォローする。羽能は、ふん、とそっぽを向くように外を見た。

「人前で寝られるものか。儂は貴様らを信用しておらんのだ」

親切心で言っているのに、これである。旅人も旅人で「わかります」と同意するものだから車内は微妙な空気に包まれる。……居心地悪い。旅人と羽能の相性の悪さには早々に気づけていたのだが、ずっとこの調子で続くのかと思うと今すぐにでも仕事を投げ出したくなる雪路である。

依頼内容は、失踪《しっそう》した息子を捜してこい（命令形！）というものだった。

羽能聡仁が経営する会社の一つに務めていた羽能章仁は、一週間以上もの間無断欠勤していた。一切連絡が付かなくなり、心配になった上司が羽能にこのことを打ち明けた。羽能は自分の秘書に章仁を捜させたのだが、行方は掴めなかった。

羽能は嫌な予感がしたという。事件性があるのではないかと疑うほどに。

「だったらなんで警察に通報しないんだよ？　向こうの方が専門で、人手もあんのに」

「馬鹿め。こんなこと世間に知られてみろ。儂の沽券にかかわる」

あっそ。馬鹿馬鹿しい。てめえの息子の命が掛かっているかもしれないってときに、一体何の心配をしているのやら。雪路は羽能の言動の中に父の影を見た気がした。

不愉快《ふゆかい》だ。

「会社の者には病欠だと言ってある。失踪したことを知っているのは秘書と、おまえたちだけだ。口外はするなよ。言えば、雪路家にも少なからず影響もあろう」

だから雪路に依頼したとも言える。章仁が日本の学校に通うとき雪路照之が身元引受人を務めていた、その関係上もし事件性があった場合いらぬとばっちりを食うのは雪路家だ。

さらに羽能は雪路が探偵業に関わっていて、章仁とも最近まで付き合いがあったことを知っていた。

「貴様を頼るものと思っていたのだがな。まさか隠し事をしてはいまいな？」

「知らねえよ。章仁にはもう一年近く会っちゃいねえ」

車は高速を降り、市街地に入る。章仁が住んでいるマンションまであと少しだ。

旅人が後部座席を振り返り、目を細めて羽能を見つめた。

「何だ？　言いたいことがあるならはっきり言え」

「いえ、何でもありません」

思わせぶりな態度で正面を向く。横目で確認すると、旅人は哀しげな顔をしていた。

「一刻も早く見つかるといいですね」

どこか不穏を感じさせる呟きだった。

高級デザイナーズマンションの三階に章仁の部屋はあった。

呼び鈴を鳴らす。やはり中からの反応はない。

「一度は秘書に捜させたんだろ？　部屋の中で何か変わったもんは無かったのか？」

「不在を確認したに過ぎん。それから方々を探ったが、奴はどこにもいなかった」

というわけで、今度は手掛かりを求めて章仁の部屋へ侵入することになった。羽能は懐から鍵を取り出すと、雪路に渡した。

「……なんで親父が合鍵持ってんだよ？」

「儂が家賃、光熱費すべてを払っているからだ。そもそもここに入居させたのも儂だ。ここを建てた建築家とは古い付き合いでな、モニター代わりに息子を住まわせてやっておる」

「最悪だな。住む場所も自分で決められねえのかよ」

「面倒を見てやっておるのだ。文句を言われる筋合いないわ」

「そうやっていろいろ自由を奪っていったんだろ。面倒だとか聞いて呆れるぜ」

「雪路の。貴様、儂に楯《たて》突く気か？」

激昂《げっこう》し、持っていたステッキを振り上げて床に叩き付けた。雪路は押し黙ったまま羽能を睨み付け、二人の間に険悪な雰囲気が漂い始める。

「ユキジ、開けて。お喋りなら中に入ってもできる」

旅人が諫《いさ》めるようにして促した。雪路はばつの悪い顔をしつつ素直に鍵を開けて、玄関に入っていく。

広めの玄関ホールから左右に廊下が延びている。右側が寝室に、左側がリビングに繫がっていた。一人で住むには広すぎる2LDKの間取りにはそこかしこに生活臭《しゅう》が漂っている。しかし、しばらく人の出入りが無かったみたいに空気はひんやりと冷たかった。三人は手分けして各室内を探った。

雪路はまずキッチンから見ることにした。冷蔵庫やシンクの中を覗くだけである程度不在の日数がわかるものだ。普段料理をしているからこそ気がつくことだった。

「――って、おいおい。こりゃまた典型的な……」

シンクに洗い忘れの食器は一つも無かった。それはいいとして、据え置きであろう三角コーナーが新品同様に綺麗なままなのは、苦笑を誘った。調味料の類は一切見当たらず、そういえば食器もコップくらいしか無い。冷蔵庫の中もビールとミネラルウォーターが入っているだけで、料理とは無縁な環境と言えた。いつも外食かコンビニ弁当で済ます口か。独身男性にはありがちだ。

せめて弁当の容器があれば消費期限を見られるものを、章仁は几帳面《きちょうめん》な性格らしくゴミ類は一切捨てられてあった。キッチンからいなくなった日数を推理するのは難しい。

　リビングでは羽能が綺麗に整頓《せいとん》された雑誌を手に取ってはつまらなげに背後に放り投げている。釣り、バイク、将棋《しょうぎ》、音楽、演劇、ゲーム、旅の本と、あらゆるジャンルの情報誌が床に散らばった。……多趣味だったという話は聞かないが、ともかく。

「おい、散らかすなよ」

「ふん。つまらんものに現《うつつ》を抜かしおって。馬鹿息子めが」

「そういうのはいいから、郵便物を探してくれ。手紙とか何かあるかもしれない」

　重要な手掛かりだ。届いた日付からも章仁が失踪するまでの日数が確定する。

「ほう。手紙か」

　羽能は貴重品が入っていそうな棚の引き出しを無造作に開けていく。電話や保険などの契約書類が束になって出てきた。中身をひっくり返し、足で蹴ってそれらしき物を探す。

「無いな。下の郵便受けはどうか？」

「来たときにチェック済みだ。空っぽだったよ。一体いつから郵便停めてたのか、後でこの物件のオーナーに確認してみよう」

「余計なことはするな！」

「………あ？」

大声で制されて、苛立つ。他人で、親ほどに歳が離れていようと関係ない、羽能の態度がいちいち雪路の琴線《きんせん》に触れた。

冷静に息を吐き出し、一応訳を聞く。

「オーナーに確認したらまずいのかよ？」

「当然だ。何事かと勘繰《かんぐ》られる」

「まあ、心配くらいするだろうな」

「それがまずいと言うておるんだ！　奴の気まぐれで停めたと思わせておけばいい、儂らが出て行けばこの騒ぎが知れるのだ」

「……」

頭をガシガシと乱暴に引っ掻いた。――駄目だ。このジジイと一緒に居たらいつキレるかわからない。羽能には引き続き郵便物の捜索《そうさく》を任せて、雪路はリビングを出た。

最初、この依頼を受けたとき、正直なところまったく乗り気がしなかった。羽能は金の亡者なだけあって報酬は高額で、何より章仁の安否が気に掛かったから、普通なら二つ返事で了承するところだ。しかし、数年ぶりに会った羽能聡仁は予想以上に受け付けなかった。金よりも、章仁の安否よりも、羽能聡仁と一緒に居たくない気持ちの方が勝った。

理由は一つ。羽能聡仁は父親にそっくりなのだ。

朝、ホテルに呼び出されたときのやり取りだ。羽能は雪路を見てこう言った。

「照之の息子か、随分育ったな。奴に似ていない。母親似だ」

「ありがたいね。そういうジイサンも、章仁とは似てねえな」

「不肖《ふしょう》の息子だ。外見も、中身もな。あれには苦労させられている。照之は息災《そくさい》か？」

「さあ。しばらく見てねえけど、危篤《きとく》なら報せくらい入るだろうさ」

「相変わらず仕事の虫か。結構なことだ。儂と奴は気が合う。奴は一流の政治家だ。人の使い方を知っているからな。そして、儂は一流のビジネスマンだ」

金の使い方を知っている、とでも言いたいようだ。鋭い眼光から溢れ出る野心、気配は、古希《こき》目前とは到底思えない。自らを一流と称するだけはある。

傲岸不遜《ごうがんふそん》という言葉がこれほど似合う人間はそうはいまい。身内に同類が一人いるせいか、見極めは早かった。

しかし、旅人が引き受けたのだ。雪路は、この依頼を断ろうと思った。

「息子さんを捜し出せばいいのですね。わかりました。ただ、もう少し報酬を上げてもらえないでしょうか？」

契約書類には羽能が提示した金額とサインが記されてある。そこを指差して、言った。羽能はなぜか嬉しげに口角を吊《つ》り上げた。

「ならば、成功報酬だ。働きに応じて上乗せしてやる。どうだ、やる気も出るだろう」

「ありがとうございます。息子さんを案じているにしては少ない額だと思いましたから、これで一安心です」

「何だと、貴様」

それきり旅人は押し黙り、羽能は忌々《いまいま》しげに旅人を睨み上げていた。引き受けたからには調査方法の説明をしないわけにもいかず、続きは雪路が引き継いだ。

旅人の悪い癖だ。雪路は肌に合わないとわかれば回避する道を取るが、旅人はどんな手を使ってでも思い知らせてやろうと企む。結果、雪路の望まない展開へと進むのである。

最悪の相性だ。仕事も、依頼人も。

寝室兼書斎の六畳間には旅人がいた。机の上にノートを広げて見入っている。どん

な内容なのかと横から覗き込みつつ接近すると、

「——ッ！」

旅人が突如として警戒するように体ごと雪路を振り返った。……驚かせるつもりはなかったのだが、旅人らしからぬ狼狽した動きに雪路の方が戸惑った。

「どうかしたのか？」

「いや、……いつからそこに？」

「……今来たばっかだけど。何だよ、気づかなかったのか？」

珍しいこともあったものだ。旅人は人の『気配』や『物音』には特に敏感なはずなのに、雪路の接近にすら気づかないなんて。

旅人はばつの悪い顔を浮かべると「少し考えごとをしていたんだ」と素っ気なく口にした。

「……ユキジ、章仁さんはどんな人なんだ？」

若干誤魔化しを含んだ問いかけだった。雪路は首を傾げつつも、旅人の挙動不審は一旦脇に退かすことにして、素直に答えた。

「一言で言や根暗だな。マイナス思考で、常に無気力だった。——ああ、でも」

「玩具に対する熱意はあった、かな」

「そうだ。何か見つけたのか?」

「クローゼットの中にね」

ノートではなく、ベッドとは反対側の壁に設けられたクローゼットに顔を向けた。ウォークインクローゼットだ、中は広く、棚にはダンボール箱が隙間無く詰め込まれていた。旅人が取り出したのか、箱の一つが床に置かれてあった。中にはラジコンヘリコプターの模型が入っていた。

よく見ると、プロペラ部分が外されてある。

「分解した跡があったよ。どの箱にも玩具が入っていて、どれも一旦分解されていた。カラクリや設計を解明するのが好きだったみたいだ」

「ああ。子供用の玩具を作るのが夢とか言ってたっけ。工学系か美術系の大学に進みたかったんだが、学力が足りなくて断念したんだとか。玩具メーカーの企画開発部門は四年制大学出じゃねえと配属は難しいって話だったな、確か」

「それで羽能さんの会社に入れさせられたんだね」

「……高卒でいきなり高給取り、おまけに出世には事欠かないしクビの心配も要らない。時勢を考えりゃ、どっちが幸せなんだろうな」

「ユキジが同じ立場なら、どう?」

「おととい来やがれ、ってな。親父に言ってやるよ」

もちろん虚勢だった。本人を前にしてそう啖呵《たんか》を切れる自信はない。しかし、もしも同じ立場に立たされたとしたら、啖呵は切れずとも、勘当《かんどう》されるよう仕向けて自由を選ぶはずだ。現在、父・照之は息子のことを諦め切っているのか放任主義だ。有り難く自由を満喫している。大学を卒業したら家からも出て行こうと決めている。

「けれど、章仁さんには羽能さんに刃向かえるだけの気力は無かった」

そうして、ようやくノートを差し出した。机の一番上の、鍵穴に鍵が刺さったままの引き出しの中に三冊入っていたという。

びっしりと書き込まれた文字は章仁直筆のものだろう、力強い筆跡だった。大学ノート三冊にも渡って書き込まれたそれは、自伝。

「物心付いたときから最近までの心情を書き綴《つづ》っているよ。主に、羽能さんへの感情をね」

それは羽能章仁の心の叫《さけ》びである。

＊

羽能章仁とは頻繁《ひんぱん》に会っていたわけではない。

初めて彼と話したのは、日本での身元引受人を買って出た雪路照之の元に挨拶に来たその日の内だ。兄・勝彦《かつひこ》がまだ存命で、雪路は小学生だった。

どうぞよろしくお願いします、と深々と頭を下げていた。子供ながらに「なんて頼りないのか」と年上に対して呆れ返ったのを覚えている。それくらい彼はおどおどとして落ち着きがなかった。

二度目に会ったのは、忘れもしない、勝彦の葬儀のときである。真冬で、その日は特に寒さが厳しく、口を開くたびに白い息が溢れては風に掻き消されていた。

高校三年生だった章仁は、勝彦の死を受けて、口にした。

「羨ましいです。僕には真似できない強い覚悟ですよ」

何を言っているのかわからなかった。理解しようとする前に、兄の自殺を羨ましいと言うその口を殴《なぐ》ってでも閉じさせたかった。

表情に出てしまったのか、章仁は慌てたように弁明した。

「そ、そうじゃないんです。……僕、来週大学入試があって、でも、受かるのは厳しいかもしれない。父は、浪人は許さないと言うから、きっと就職させられます。……僕には無理なんです。父親に刃向かうなんて、そんなこと。勝彦君みたいにはできませんよ」

やはり理解できなかった。けれど、殴る気はとうに失せていた。章仁の目から涙が溢れていたからだ。――それが勝彦の死を悼《いた》んだものなのか、己の不遇を嘆いてのものなのか、未だにわからないが。

勝彦の死に何か感ずるものがあっての涙だったから、それでいいと思った。

それからは章仁から連絡を寄越すようになる。近況報告と大半は愚痴《ぐち》を聞かされた。なぜか変に懐かれてしまい、またその頃の雪路は荒れに荒れていたので、章仁のストレス解消を口実に夜遊びに連れ出していた。玩具職人になりたかったと断念した夢を語ったのはそのときだ。雪路は軽い気持ちで「残念だったな」と肩を叩いていたと思う。

章仁の心の叫びにはついぞ気づけぬまま。

振り返ってみれば、予兆《よちょう》は確かにあったのだ。

「――写真だと？」

寝室にやって来た羽能に一枚の写真を差し出すと、訝しげに眉を顰めた。雪路は固《かた》唾《ず》を呑んで羽能の反応を待った。

引き出しを開けたとき、ノート三冊の上に置かれてあった写真。幼少時の章仁と、今よりも若々しい羽能の姿が写されてある。羽能は相変わらず厳しい表情でカメラを睨みつけており、章仁はどこか上《うわ》の空で、顔をやや右に向け、視線を上に向けていた。撮ったのは母親だろうか、微かにブレていて撮影慣れしていないのがわかる。

自伝の上に添えられたツーショット写真である、必ず意味があった。

背景に海が見えたので、家族旅行の折に撮られたものと推理した。しかし、

「何だ、これは？ 一体いつのものだ？」

「思い出せませんか？」

「こんな写真など知らんのだ！ 思い出すも何もないわ！」

「ジイサンのことだから貴重な一枚なはずだろう。よく思い出せよ。この場所に見覚えとかねえのか？」

これが手掛かりになるかもしれないと説得すると、羽能は顎に手を添えて難しい顔をした。ぶつぶつと小声で何か呟いている。

「章仁がこれくらいのときに、……海岸沿いか、……であれば、二十年前」

「どっかの旅行先で撮ったやつじゃねえのか？」

そこに章仁がいると雪路は思った。章仁は父親を試しているのだと。

「違うな。儂が家族を連れて旅行をすると思うのか。あれの母親とも旅行をしなかった儂がだぞ。常に世界中を飛び回っておったからな、わざわざ近場の観光なぞするものか」

「……じゃあ何処《どこ》なんだよ、この写真の場所はよ」

苛立ちながら答えを急かすと、ふん、とつまらなげに息を吐き出した。

「昔建てた家の庭で撮られたものだろうな。あれの母親が自殺した場所でもある。嫌なことを思い出させおって。――行くぞ」

写真を投げ捨てて大股《おおまた》で玄関に向かう羽能。床に落ちる寸前に慌てて写真を掴んだ雪路は、疲れ切った表情で旅人を振り返った。

「あれ、信用していいのか？　間違っていたらかなりのタイムロスだ」

「間違いないと思うよ。心底嫌そうな顔をしていたから」

それで確証を得るのもどうかと思ったが、羽能聡仁はそういう人間なのだと改めて認識する。今は彼の直感に頼るしかない。

それに、愚《おろ》かしくも雪路は、未だもって父親というものに理想を抱いているのである。あんな人間であろうと息子の思考や気持ちを察してくれているに違いないと。

そう、望んでいた。

高速を乗り継いで太平洋側の海岸沿いまで下り、四時間ほど掛かってようやく羽能聡仁が建てた館に到着した。海辺ということもあって少し歩けば地面は砂地に変わった。目の前には海。背後には山。見晴らしが良い割に静かなものだった。周囲に目に見える民家は数えるほどで、夏の盛りであっても人で賑《にぎ》わうことはまず無さそうである。バカンスには最高の立地だ。百八十度海原を望める絶景に目を奪われた雪路であったが、次いで吹き込んでくる風の冷たさに顔を苦くする。反対に、冬の時期は最悪のロケーションだなと考えを改める。

館。——館と言って差し支えない、西洋風ホテルを思わせる外観をしていた。すでに売りに出された物件だが、自殺騒動や割と不便な立地が仇《あだ》となって未だに買い手が付かないでいる。メンテナンスはしっかり施されていて綺麗な状態を維持しているものの、かえってそれが白い外壁のくすみを際立たせていた。

「意外と早く片付きそうで良かったぜ」

「うん。ここに章仁さんはいるはずだ」

来る途中で寄った、館の管理をしている不動産屋で章仁の情報を得た。

章仁が一週間ほど前に館を見学しに来たという。羽能聡仁の息子ということで信用もあり、きっと息子が買い戻すものと考えた不動産屋は鍵を渡して好きに使わせたのだ。章仁はこの館に必ず居る。

　正面玄関の目の前には庭が、横にはガレージが広がっている。裏手にある勝手口から海へと抜ける道に降りられるらしい。

「さっさとせい。中に馬鹿息子がいるのだろう」

「待ってください。確認したいことがあるんです」

　旅人が呼び止める。車での移動に思いの外時間を食ったために苛立ちを隠し切れない羽能が「何だ！」叫んで抗議する。旅人は写真を手に、位置を測るようにして移動した。写真の場所が本当にここで合っているのかの検証だろう。

　ここだ、小さく呟き、旅人は顔を上げた。

「この場所にお二人は並んで立っていました。カメラはその辺りでしょう」

　その辺りを指で差す。庭の真ん中よりやや隅《すみ》に寄った、海の眺望がぎりぎり建物に被《かぶ》さらない位置であろう。そこから旅人は視線をあちこちに投げる。

　膝を曲げて腰を屈める。顔をやや右に向け、視線は上に。

「もういいだろう！　これ以上時間を取らせるな！」

「お庭はここだけですよね？　裏手側には庭と呼べるスペースはありませんよね？」

羽能はその声には無視をした。旅人は一人納得して歩き出す。

玄関に向かう途中、雪路が「何だってんだよ？」と訝しげに問うと、旅人は得心《とくしん》いかないという顔で三冊のノートを掲げてみせた。

「章仁さんの所感と館の構図が食い違っているみたいなんだ」

窓の位置がおかしい、と。

旅人は羽能の向こうに聳《そび》える館を見上げてそう呟いた。

玄関先は白塗りの柵で囲われたテラスになっていた。扉の両脇に鎮座《ちんざ》する大きな甕《かめ》には土が満杯に入っているのみで飾られるべき花は植わっていない。寂寥《せきりょう》感漂うテラスを横目に呼び鈴を鳴らすも、反応はなかった。次に玄関扉を開けようと取っ手を引いた。――開かない。鍵が閉まっている。念のために借りておいた合い鍵を鍵穴に差し込み、右回りに回す。

カチリ、と開錠《かいじょう》の音が鳴った。

「――」

瞬間、旅人の顔つきが変わった。警戒するように周囲に目を凝らし、中に入ろうとする羽能を押し止める。

「何だ？」

「僕が先に入ります。中へはゆっくりと入って来てください」

旅人、羽能、雪路の順番で中に入る。何事もない。館の中は、少なくとも玄関ホールは、静かなものだった。雪路は羽能と顔を見合わせて、慎重に構える旅人を眺める。扉が閉まり、旅人が振り返る、その真剣な表情にびくりと全身が強張った。

「アニキ、さっきから変だぞ？」

扉の上部を見上げて辿るように視線が動く。気になって旅人の視線の先を見れば、そこにはおかしな線が壁を張っていた。——銅線？

突然、軽快な音楽が鳴り響いた。単音の電子音で奏でるマーチ。廊下の先から徐々に近づいてくる。やがて突き当たりの角から曲がって現われたのは子供用の電動乗用ミニカーだった。ミニカーから発せられた音楽に合わせ、ライトが点滅し、クラクションが鳴る。まるで三人を出迎えるように徐行してきたミニカーは、止まるときもまた唐突に、上がり框《かまち》の前で停止した。

「…………、ぅおっ」

雪路は思わず声を上げてしまった。ミニカーに釣《つ》られて視線を落とすとそこには、三人分のスリッパが並べて置かれてあったのだ。三人の来客を予期していたかのように。ミニカーの登場といい、奇妙な気配に支配されつつあった。

「何の真似だ、これは!?」

羽能は土足で上がり込むとミニカーを蹴り飛ばした。派手な衝撃音の後、再び音楽が鳴り始めた。馬鹿にされたと感じたのか、羽能は何度も足を落とす。興奮のあまり息切れしている。その余興自体が気に食わなかったというよりも、直接的な嫌がらせを受けたかのような憤慨ぶりだ。車体がひっくり返ったとき、音楽は止まった。

「あの銅線、ドアの開け閉めがスイッチになってたのか。外から誰か来たら作動するように仕組まれていたんだ」

章仁の仕業だ。玩具に精通している彼ならばきっと造作もないことだった。

そして、確実にここに居て、羽能聡仁がやって来るのを待っていた。

「章仁っ、出て来い！　くだらんことをしているんじゃない！　おい、聞こえないのか！　儂を愚弄《ぐろう》する気か!?」

肩で息をする羽能を旅人が宥《なだ》めすかした。

「まあ、まあ、落ち着いて。とりあえず一階から見て回りましょう。どこかに隠れているかもしれませんよ」

雪路も旅人の後に続いて土足で上がり、そういえば、と旅人を目で追う。

旅人ならば人が居るかどうか『気配』を視てわかるのではないか。ラジコンカーみたいな小細工なら作動する前に視抜けただろうし、強い意志が顕在《けんざい》しているなら人が隠れていてもすぐにそうと気がつくはずだ。

　長い付き合いだ、雪路は確信する、旅人にはおそらく今現在この館に章仁が居るかどうかが視えている。それを口にしないのは成り行きを見つつ、羽能を翻弄《ほんろう》しようと考えているからだろう。

　ミニカーを調べている旅人を黙って窺った。相変わらず何を考えているかわからない。

「……」

　結局、旅人の好きにさせようと決めた。章仁が羽能に対してどんな仕掛けを用意しているのか興味が湧いたこともある。

　リビングにやって来た。そこのテーブルにはコーヒーが淹れられたカップが、三つ、置かれてあった。カップに触れてみると冷たい。微かに溶液が揺れると、カップの内側――コーヒーの表面部分に黒い染みが出来ていた。どれだけの時間放置されていたのかがわかる。

　得も言われぬ不快感に身震いしつつ、その隣、扉一つ跨《また》いで繋がっているキッチンと食堂に足を向けた。室内に足を踏み入れた三人は思わず立ち止まっていた。

テーブルの上、カレーライスとサラダのセットが三人分用意されていた。レタスやキュウリなどの野菜は皆萎《しお》れていて、カレーライスのルーと米も固まっていた。こちらもまた装われてから随分時間が経過している。

手付かずのまま放置され、傷み始めている料理は、見ているだけで吐き気を催す。

「……おいおい」

ここまで来ると奇妙を通り越して、気持ちが悪い。

まただ。また三人分だ。

持て成しのつもりだろうか。章仁がここを訪れる人間が三人だとわかった上でこれを用意していたのだとしたら……、その勘の良さは人智を超えている。どんなカラクリを用いたらそこまで予測を立てられるのか。

いや、きっとこれは。——雪路は章仁の意図に気づき始めていた。

「会社を休んで何をしているかと思えば、とんだ茶番だ……！」

羽能は我慢の限界だった。奥歯をガチガチと鳴らすのは怒りのあまりだ。いつ爆発してもおかしくない。その場で床をドンと踏み締めた。

「茶番か……」

けれど、意味はあるのだ。

これらはすべて羽能へのアプローチだ。たとえ茶番に見えたとしても、いや見えるからこそ、この行為の真意を汲《く》み取る必要があった。

父親ならばヒントくらい摑めても良さそうなものだと考えるのは、雪路がそれを望んでいるからなのかもしれない。心のどこかで期待していた――、どんな駄目親父でも我が子を愛する気持ちは常に持ち続けているのだと。もしくは、やはり傲岸不遜な人間に人の親になる資格はないのだと。どちらでもいい、この際はっきりとした答えが欲しかった。

希望と失望が交互に押し寄せてきて、その度に心を磨《す》り減らした。

羽能は父・照之に似ている。羽能を通じて照之の父親としての資質を見極めたかった。

そうすれば、きっと、諦めがつくから。

人を愛せない父に。

父から愛されない自分に。

――おまえも同じものを求めているんだろう、章仁。

羽能は気持ちを落ち着かせるように大きく息を吐き出して、言葉を繰り返す。

「茶番だ。儂に家族の正しい在り方とやらを見せ付けているつもりなのだろうがな。これが貴様のしたかったことか」

「――」

驚いたことに羽能は、この茶番の意図に気づいていた。その通りだ、きっと章仁は家族三人で慎ましやかに暮らす理想を再現したかった。これを見せ付けることでこれまでの羽能を否定している。

羽能は正しい在り方と口にした、それは、これまでの家族の歪みを自覚していたことを意味する。

父親として間違っていることに気づいていたのだ。

「だったらなんで……」

正そうとしなかったのか。自分本位にしか物事を考えず、息子や妻を道具のように扱い、周囲の人間を見下し、金と権威にのみ執着してきたのか。理解していたのなら、わずかにも人としての心があったなら、どうして正そうとしなかった……っ！

アンタさえ変わってくれたなら。

勝彦は死なずに済んだのに……。

「在りもしない幻想に囚われていたとは、まったく、失望させてくれる。実に馬鹿馬鹿しい。そうは思わんか、雪路の？」

「……ああ。馬鹿馬鹿しいな。家族が自殺しても何ら顧みない人でなしどもだ、こんなことで心を改めるようなら苦労しない」

羽能は鼻で笑った。

「人でなし。結構だ。儂も、照之もそうだったな、妻を亡くした。家庭を顧みずに、時には妻に辛く当たってきた。思えば妻には可哀想なことをした。生前にもっと優しくしておけばよかったと嘆き、残された息子と一緒に墓前で後悔に咽《むせ》び泣けば、伝え聞く者は、あるいは、涙の一つも浮かべるのだろうよ。

しかしだな、そうは言うが、なぜ儂らは失意に暮れねばならんのだ？　なぜ考え方を、生き方を改めねばならんのだ？　人情などと抜かすなよ。そんなものは弱者の戯《たわ》言《ごと》だ。常に走り続けてきたのだ。必死に、命がけで人生を疾走《しっそう》してきた。妻の死で立ち止まれるほど軟弱な道では無かったわ。儂らはただ家族すらも置いて走り続けるしかないのだ。立ち止まるわけにいかんのだ。それだけだ」

嘆き悲しむ余裕も無いほどに、強く生きてきたと言った。

だからといって家族を犠《ぎ》牲《せい》にしてもいい理由にはならないだろうに。

強くあろうとするのは自分の為でしかなく、家族は、少なくとも雪路や章仁や勝彦は、そんな父親を望んじゃいなかった。

「開き直ってんじゃねえよ。言いたかねえけど、すっげえ虫唾《むしず》が走るけどよ、人は一人じゃ生きていけねえもんらしいぜ？　どっかで誰かが支えてくれてんだ。その誰かを蔑《ないがし》ろにしてでもテメエが一番大事かよ」

「当然だろう。他人に代わりはいくらでもいるが、自分の代わりはどこにもおらんわ」

息子だろうと妻だろうと、代わりはいくらでも利くと平然と答えた。

後妻と麗羅《れいら》のことを思う。あの人たちは雪路の母と勝彦が抜けた穴を埋めるために用意された駒《こま》だというのか。そんな非情な理由で家族にしたのか。

あり得ない。少しも理解したいとは思えなかった。不満そうな雪路を羽能は小馬鹿にするように笑った。

「理解できんか。ならば仕方が無い。儂を人でなしと非難する貴様に、人の上に立つ資格はない。孤独に耐え、孤高で在り続ける覚悟を持たぬ者は、人に使われ、生かされる惨めな人生を歩むがいいわ」

「惨めなものかよ。孤高を幸せだなんて思わねえ。テメエの価値観を押し付けんな」

自分自身を人間の鑑であるかの如く振舞う輩を羨む神経は持ち合わせちゃいない。むしろ弾かれるべき個性のはずだ、孤高という単語に置き換えても胡散臭《うさんくさ》さは変わらない。

いずれ周りから誰も彼もいなくなっちまうかもしれないんだぞ。

それでこその孤高だろう。

そんな強さなんて要らない。羨ましくもない。

「ならば、貴様らも貴様らの陳腐《ちんぷ》な理想を押し付けるでないわ。息子や、ましてや赤の他人と分かり合おうとすること自体無駄なのだ。さっさと悟れ。馬鹿たれどもが」

そう。この茶番に収穫があったとすればその一点だけだ。——無駄じゃなかった。

雪路には試すことさえできなかったことを章仁はしてくれたのだから。

ろくでなしの父との和解が不可能であることを、証明してくれた。

完膚《かんぷ》なきまでに否定した。

どこかでこの会話を漏らさず聞いていたのなら、章仁は、きっと満足していることだろう。互いに理解し合えないと結論が出たのなら、これからはわずかにも期待することが無くなるのだ。それは大きな前進だった。父親の呪縛《じゅばく》から逃れられる確かな希望である。

見限る勇気が湧いてくる。

「ユキジ、もうその辺にしておこう」

キッチンで何やらやっていた旅人が割って入ってきた。力強く肩を摑まれて、ようやく脱力していた体に気づいた。ほんの一瞬だけ放心していたようだ。

そのまま雪路の体を旅人の側に引き寄せて、羽能に提案する。

「これから僕とユキジで他の部屋の捜索に当たります。羽能さんはこの場に居てください」

雪路も、羽能も、怪訝そうに眉を顰めた。

「まさか儂を労わっているわけではないよな。邪魔者扱いする気か？」

険《けん》を宿す羽能に、すかさず三冊のノートを突きつけた。

「僕たちが捜している間に、羽能さんにはこれを読んで頂きます。章仁さんが書いた自伝です。章仁さんのこれまで溜め込んできた想いを知ってください」

幼少の頃から羽能聡仁に対して募《つの》らせてきた想い——怒りを綴ったノートだ。しかし、今さらそんなものが羽能に通用するはずがない。くだらんと吐いて捨てるのがオチだ。

当然、羽能は一笑に付した。

「ふん、儂に奴を理解できると思うのか？」

旅人は厳《がん》として言い返した。

「思いません。知れと言っているんですよ、僕は」

羽能聡仁にとって意味不明な言葉の羅列であってもいい、理解できなくてもいい、そこに羽能章仁の悲鳴が籠められているということを、ただ知ってほしい。

自覚は無くとも立場上は父親だ、またこの騒動を招いた責任の一端は羽能にある、気は進まずとも受け止める義務はあった。責めるような旅人の視線に羽能はややたじろいだようだった。

「わかったわい」

羽能は舌打ちし、ふて腐れるようにノートをひったくった。

「実はさっき羽能さんが壊したミニカーのシートに手帳が貼り付けられているのを見つけたんです。これもお渡ししておきますね。こちらは最後にお読みください。もしかしたら、他にもまだこういった物が隠されているのかも」

「良かろう。暇潰《ひまつぶ》しに眺めておいてやる。貴様らはさっさとあの愚図《ぐず》をここに引っ張り出して来い」

リビングに移動し、ソファに腰を沈めてから、『1』と表紙に書かれたノートから読み始める。番号を振ったのは旅人だろう、章仁の部屋で見たときにはこんな番号は無かった。親切心からか、あるいは順番に見ることに意味があるのか。中身をきちんと確認したのは今のところ旅人だけである（雪路は流して読んだだけだった）。

順番通りに読む必要性は無いように思えたが、雪路は特に指摘しなかった。

廊下に出て行く際、旅人は羽能を振り返る。

「言い忘れていましたが、羽能さん、一つ絶対に守って頂きたいことがあります。僕の許可無くこの館から出て行かないでください。いいですね？」

訝しげにこちらを向く羽能に、にこりと微笑みかけた。

「車はユキジの運転ですから、どちらにしろお一人では動けないでしょう。黙っていなくなるのだけは止めてください。依頼主に何かあったら責任問題になりかねませんから」

行け、と片手を振る羽能の視線は、すでにノートに戻っていた。

廊下に出たとき、旅人から水の入ったバケツを手渡された。所定の場所に置くように指示される。バケツはキッチンの流し台の下にあったものらしいが、これにどんな意味があるのか。

旅人は笑って答えた。

「念のためだよ」

旅人の行動はいつも裏が読めないから、困る。

一階はすべて見回った。トイレ、浴室、洗面所、他に洋室が二部屋と和室が一部屋あったが、どこも異常は無かった。章仁が潜んでいる気配も、何かを仕掛けた形跡も無い。

＊

「二階か。子供部屋なんて怨念《おんねん》込められてそうだよな」

うんざりするように、雪路は言った。

「そのことなんだけど、少し気になることがある。さっき羽能さんに渡したノートには母親が庭でミニカーを燃やすのを子供部屋から見ていたという記述があった」

「マジかよ。トラウマもんじゃねえか。確実だろ、それ」

絶対に何か仕掛けられている。驚かされるのはいい、その後に来る気持ち悪さだけは耐え難かった。章仁に共感できてしまうから、芽生える嫌悪感も凄《すさ》まじいのだ。

「……とにかく行ってみよう」

旅人は何かを言いかけて、止めた。

玄関ロビーから二階の天上までが吹き抜けになっており、その壁伝いにコの字を描くようにして階段が掛かっていた。大き目の採光窓は玄関扉の真上、高い位置にあった。建物の正面から見えた、二階部分にある唯一の窓はこれだろう。

「リビングからも庭は見える。食堂とキッチンからだと反対側の海が堪能《たんのう》できる。そういう間取りをしているんだ。この家は」

二階に上がると、東側に廊下が延びていた。

一番手前の部屋に入る。下のリビングと同じくらいの広さを持つ洋室は、端から端まで壁一面ガラス窓になっており、どの位置からでも海が一望できた。ガラス窓からベランダに出てみると、海風が激しかったが、広々としたスペースと贅沢な眺望がバーベキューをするのに最適だと思った。

「物件だけ見れば良い家だよな。まあ、子供と母親二人で暮らすには広すぎるけど」

広すぎて、贅沢すぎて、相対的に空しくなる。そんなこともわからなかったのか、あの親父は。ここに居たら章仁だけでなく、自殺した母親の気持ちまで伝わってくるようだ。

無駄とわかっていても、つい口を突いて出てしまった。

「本当はジイサンに見つけてもらいたいんだろうな。あいつ」

ここに潜んでいなかったとしても、きっと羽能に迎えに来てほしいと願っているはずだ。依頼された身でありながら気乗りしないのはその点だ。

「章仁のことは放っておいて、もう帰らないか？」

「ユキジらしくもない。私情を挟むのはここまでだよ。せっかくのお仕事なんだから解決させて帰ろう。それに、ユキジは誤解しているよ」

洋室を出る。隣はトイレで、中をざっと確認しただけで閉めた。廊下に二人の足音だけがいやに響く。

「誤解しているって、何がだよ？」

「章仁さんのこと。羽能さんに見つけてほしいとか、自分を分かって欲しいとか、そういう段階はとっくに終わっているんだよ。彼の目的は別にあったんだ」

「何だよ、それ」

子供部屋に辿りつく。目の前の背中が淡白な声で囁《ささや》いた。

「今にわかるよ」

わずかに開いていた扉を軽く押す。ギィ、と音を立てて内側に開いていき、薄暗がりの中に室内の全貌《ぜんぼう》が浮かび上がる。

まず真正面に見えたのは海を見渡せる大きな窓。そして左右の壁にはこれでもかというくらい色とりどりに書き殴られた幾何学模様。家具の類が一切無い、もぬけの殻。代わりに中央には大学ノート一冊とクレヨンの箱が置かれてあった。雪路は恐る恐るクローゼットを開いたが、中には誰も居ない、何も無い。旅人がノートを拾い上げる。

淡々と読み上げた。

「――『これを読んでいる貴方は一体誰なのでしょうか。いえ、きっとそんなことに意味はないのです。意味はないのです。意味はないのです。誰がこれを読んでいても、何かが変わるわけではないのです。たとえ父が読んでいたとしても何かが変わるわけではないのです。僕が変わるわけではないのです。世界が変わるわけではないのです。大した意味はないのです。玩具がよく燃えるのです。母の自殺を喜びます。父は言うのです。上に立つ人間になれと言うのです。常に長であり続けよと言うのです。愚かしくも僕は屋根の上に登ります。幼い僕は父が大きいのです。だから、屋根の上です。ウルトラマンのように大きくなりたいです。けれど、それは無理なのです。どうやったって屋根には登れないのです。登ったとしてもウルトラマンではないのです。意味はないのです。声して。ので。僕は上に立つ人間にはなれないのです。長にさえなれないのです。だから愚図だと言うのです。出来損ないと言うのです。馬鹿で間抜けだと言うのです。使い物にならないと言うのです。口を利くなと言うのです。なぜ生まれてきたのかと訊くのです。生まれてくるなと言うのです。生まれてきてもそで。息子ではないと言うのです。他人だと言うのです。玩具を好きです。玩具箱になります。限界です。玩具がよくよく燃えています。ここに居たくはないのです。家はどこにも無いのです。ここは家ではないのです』——まだまだ続きがあるけれど？」

「いい、もうやめてくれ」

いよいよ病的だ。真っ当な精神状態じゃない。文章がおかしいのも内容が狂っているのも気持ち悪い。この部屋全体に描かれた落書きを見た瞬間にわかった。あいつはもう気が違っている。追い詰められて、正気じゃいられなくなったんだ。この館内にいろいろな仕掛けを施しながら狂っていったんだ。

正気でやれたのなら、それこそもう終わっているだろう。手が付けられない。修正不可能だ。

旅人は顔色も変えずにページを捲っていく。その姿がなおのこと不気味に思えた。

そして、唐突に、ノートを閉じて床に落とした。

「そうだった、つまらないことに時間を割いている場合じゃなかったんだ。急がないと命が危ない」

不穏なことを口にして、窓際まで寄って雪路を振り返る。

「おかしいと思わないか？　ここの窓からは海しか見えない」

「はあ？　……いや、確かに海しか見えねえけど、それのどこがおかしいんだ？」

「さっき言ったでしょう？　ノートに書いてあったんだ。子供部屋から庭でミニカーを燃やしている母親を見たって。ここから庭なんて絶対に見えないんだよ」

　そういえば。この部屋に入る前、正確に言えばまだ一階に居たときに旅人から聞かされた。庭が見渡せるのは一階のリビングだけだ。付け加えれば玄関扉横のはめ殺しくらいか。実際に家中を見て回ったが、その通りだった。

　頭の中で図面を引く。子供部屋は庭からは正反対の位置にある。

「子供の頃のことだから記憶違いかとも思った。でも、見下ろして見た景色が脳裏に残っているのなら、どちらにせよ、二階から庭が見えなければならないんだ」

「いや、一階からの眺めを俯瞰《ふかん》して見たものに想像し直すこともできるだろう。夢で見たことを現実にあったことのように錯覚することだってある。それが偶々記憶にのこ、……」

　雪路は気づいた。記憶の有る無しはもはや問題にならないということに。

　決定的な証明を、今、この館自体が表している。

「そうだね。そういうこともあるだろう。けれど、現実は違う。庭を見下ろせる窓はあの採光窓一つきりだ。大学ノートが日記帳で、記したのが少年時代だったならその線であり得るよ。単なる勘違い、記憶違いだったという話で済む。けれど、実際は自伝で、書いたのはつい最近だ。ここの家に庭を見下ろせる場所が無いことくらい理解できている」

この館を訪れた人なら誰だってわかる。

二階には庭を見下ろせる場所はない。まして、反対側に位置する子供部屋からでは海しか見えないのだ。どうして章仁はそんなわかりきった事実をねじ曲げたのか。

それともやはり、自伝を書いていた時点で虚構と現実の区別も付かなくなってしまっていたのか。

「可能性を挙げるなら、章仁さんは本当に二階から庭を見下ろしていたということ。これが答えだったんだ」

旅人は懐から写真を取り出した。羽能聡仁と章仁のツーショット写真だ。ややピンボケしたフレーム内で、羽能は相変わらずの仏頂面、そして、章仁は――。

「視線の先には何があるのか。初めは採光窓を見上げているのかと思ったけれど、どうも違うみたいなんだ。角度的におかしい。僕には正確なところはわからないが、たぶん壁のどこかに覗き穴のようなものがあるんだと思う」

「アニキにわからない？」

目に見えている範囲のことならばどんなものでも見落とさない、旅人が？　そりゃ偶には見落とすこともあるだろうけれど、そういうのは意識していないときだけだ。しかし、今回は違う。ここを訪れた当初、旅人はまず最初に写真が撮られた場所、章仁が立っていた位置を把握した。そしてそこから視線の先に何があるのか確認したのだ。注意深く観察していた。それなのに、見落とした？

「……珍しいこともあったもんだな」

雪路が過度な期待をしているだけなのかもしれない。旅人だって万能じゃない。そういうことだと納得する。

「で、それが覗き穴だったとしてだ、どこにあんだよ？　どうやってそこまで行くんだ？　階段のところは吹き抜けだからたとえ穴があったとしても高さで届かない」

また、高い位置にあるというその穴から覗くくらいなら、採光窓から見下ろした方が断然早い。

「外から見た屋根の高さと、中から見上げた天井の高さがね、かなり差があったんだよ。採光窓の位置がわかりやすい目印だ。階段のところの窓は天井に近かったのに、外から見ると屋根から窓までだいぶ開きがあった。つまり」

二人は天井を見上げる。――天井裏だ。建築物の構造上（電気の配線や防水材等を敷くために）、そこには余分な空洞が生まれる。間取り通りに仕切りがあるわけではないので、建物の端から端まで難なく渡れるはずだ。

もちろん、庭側の壁際に行くことだって可能である。

「あ、おい、あそこっ。板を切り取ったような線が薄っすらと見えないか？」

子供部屋の入り口から室内に大股一歩ほど入った位置、その天井に四角い線が見える。

どう見ても蓋だった。しかし、そうと注意しなければ見逃してしまいそうなくらいに細い線。

「章仁さんはおそらく天井裏に居る。秘密基地でも作っているんじゃないかな」

屋根の上を目指したという幼少期。なるほど、わかりやすい行動原理だ。しかも母は浮気相手をたびたび家の中に連れ込んでいたというから、章仁にはすぐさま逃げ込める場所も必要だった。玄関先を見下ろせる位置に穴を開けたのは浮気相手の出入りを確認するためだったのだ。そして、

自分の玩具が燃やされる光景を目撃してしまった。

「……玩具がよくよく燃えています。ここは家ではないのです……か」

胸が締め付けられるようだ。ガキの頃にそんなものを見せられたら歪むのも当然だ。章仁は現在までよく耐えたと、むしろ思う。

——羨ましいです。僕には真似できない強い覚悟ですよ。

兄の葬儀の折に言った台詞。ただ耐え忍ぶことしかできなかったと言ったんだ。自殺するにしろ、復讐するにしろ、行動を起こす勇気に彼は憧れた。

ようやく一歩を踏み出した。自分なりの答えを出したんだ。気が狂うほどに葛藤したのだろう、そのことを、雪路は褒めてやりたいと思う。決して褒められたことじゃないけれど、自分だけは称えてやりたい。

「待ってろよ、章仁。見つけ出したら、まずぶん殴ってやる」

狂わせたままにさせておくものか。必ず更生させてやると心に決めた。

情に厚い雪路を苦笑して眺めていた旅人は、一転して真顔で天井を再度見上げた。

「じゃあ、上ろうか」

「おう。肩車でもするか？　あ、待てよ」

章仁は一人で上ったはずだから方法はあるはずだ。

「脚立《きゃたつ》とかあんじゃねえのか？　……いや、んなもん見かけなかったな」

「子供の頃に頻繁に行き来していたことを考えると、常に脚立を部屋に置いておかないといけない。でも、それだと母親にバレそうだよね」

「いや、脚立を使ったのは一度だけで、あとはロープを使用したとも考えられるんじゃないか」

予《あらかじ》め吊るしておいたロープを使って天井裏に上がっていたのだ。今ロープが見えないのは、上から引っ張り上げて回収したからだと考えられる。

「でもなあ、小学校低学年のガキにロープの調達や括《くく》りつけまでできたとは思えねえし。どうやればあの高さまで行けんだよ。…………あ、」

行ける。

簡単だった。

「わかった？」

「……おい、試してんじゃねえよ。知ってたんならさっさと言え」

悪戯っぽく笑う旅人にムッとする。そんなことをしている場合じゃないだろうに。

「殴ってやるとか、物騒なことを言うからだよ」

「？」

どこまで本気か知らないが、そう釈明した。こっちは出鼻《でばな》を挫《くじ》かれて拍子《ひょうし》抜《ぬ》けだ。

改めて天井を見上げる。部屋の入り口から近い距離にある蓋。そして、なぜかわずかに開いていた扉。よく見れば、扉の取っ手部分が少しだけ擦り汚れている。――ここに足を掛けて扉をよじ登り、天井まで上ったんだ。子供の身軽さをもってすれば簡単なことだろう。大人だとその分窮屈《きゅうくつ》になるが、行けないことは無さそうだ。

「よ、っと」

取っ手に足を掛けて飛び上がる。扉の上部を摑んで体を持ち上げると、すんなりと天井に手が届いた。蓋を押し上げ横にずらし、開いた箇所に指を引っ掛け懸垂《けんすい》の要領で天井裏に上る。

天井裏は見渡す限り真っ暗だ。木材の臭いが鼻につく。携帯電話のライト機能を作動させて照らし出すと、剝《む》き出しのままの木材が、どういった構造上の理由からか、縦横斜めに組み上がっていて、行く手を阻んでいた。

木材のバリケードの隙間を縫うようにして玄関の方角に光を向ける。……何か大きな影が見えた。寝袋だと悟った雪路はすぐさま駆け出した。

「章仁っ！」

駆け寄り、それが本当に寝袋で、中に入っているのが章仁であるとわかると、乱暴に摑み上げた。

「テメエ起きやがれ！　おかしな真似しやがって。どうせ知ってんだろ？　ジイサンが下に来ている。言いたいことがあるなら面と向かって、…………」

青白いその顔に雪路の体が凍《こお》りつく。

ライトの光が周囲を浮かび上がらせる。携帯用保存食の空き袋と食べカスが散らばっている。ミネラルウォーターのペットボトルが五、六本転がっている。未使用のカイロがリュックサックから毀《こぼ》れ出ている。

足元に錠剤《じょうざい》が入った小さな瓶《びん》が転がっている。

「ふざけんなよ、テメエ……っ！」

雪路はギリと奥歯を噛んだ。自分で仕掛けておきながら勝手に舞台から逃げ出すなんて、どこまでもふざけている。死ぬ覚悟があるのならどうして現状を変えようとしなかったのか。不満をぶつけるだけで満足なのか。それでいいのか。親父に何にも伝わっていないのに、おまえがそんな寂しい最期で本当にいいのかよっ。

文句はとめどなく頭の中に轟いた。が、聞かせるべき相手はすでに冷たくなっており、口にするだけ虚しいと気づく。

実家の離れで首を吊っていた勝彦の姿を見たときに覚えた敗北感が、胸いっぱいに広がった。誰かに負けたわけじゃない、なのに心は打ちのめされている。

みすみす死なせてしまった後悔もあるが、全部じゃない。

それは嫉妬に近かった。置いていかれた気分とでも言えばいいのか。

その潔さに孤高すら感じている。

「……ばっかじゃねえの。そんなもん、全然羨ましくもねえよ」

だから、この事実を素直に受け入れることにした。章仁は死ぬことで決着を着けたのだ、否定したところで章仁が生き返るわけでもなし、雪路が傷つく謂《いわ》れは無い。

しかし、どうにも納得いかない。本当にただの自殺なら、この茶番を起こした意図は何だ？　章仁の遺体を見る限り、羽能がここを訪れるずっと以前に死んだものと思われた。ということは、羽能の心変わりへの期待なんて初めから章仁には無かったことになる。自動で動き出したミニカーや家族分用意された食事などの当てつけが、羽能の反応を見るために仕組まれたものではなかったことになる。

すべてを見届ける前に自殺した。

──おまえ、一体何がしたかったんだ？

陰鬱《いんうつ》としたまま子供部屋に戻ると、すべてを察していたかのような顔つきで旅人が待ち構えていた。

「予感はしていたんだ」

「そうかよ。じゃあ、章仁の本当の狙《ねら》いにも気づいているんじゃねえのか？」

旅人の不可解な言動の数々――羽能に渡したノートの順番、水の入ったバケツは玄関に置くように指示され、そしてこの部屋で口にした「命が危ない」という不穏な発言。

これから起こることを旅人はすでに把握しているのだ。

「それは何だ？　いい加減教えろ」

「ただの勘だよ。考えているようなことなら、実際には起こらない方がいい」

「だからっ、それをさっさと教えろっつってんだよ！」

突然、階下から慌しい足音が聞こえてきた。羽能が持っていたステッキでそこかしこを殴りつけているような音まで響く。只《ただ》ならぬ雰囲気に旅人と顔を見合わせた。

「急いで下に行くんだ！　羽能さんをこの家から出しちゃいけない！」

殺されるぞ――、付け足されたその言葉に、雪路は弾かれたように子供部屋から飛び出した。

＊

コの字型の階段から玄関を見下ろすと、そこには苦悶《くもん》に呻《うめ》く羽能の姿があった。

ほんの数分前——。

羽能聡仁は三冊のノートをリビングのテーブルの上に投げ出した。忌々しげに顔を顰《しか》め、言いようのない怒りに全身を震わせている。癇癪をぶつけたくても適当な相手が傍にいないので、仕方なくテーブルを蹴りつけた。本当は声に出して滅茶苦茶に罵倒したいのだろう、耐えるようにして歯をカチカチと鳴らしている。

情けない、情けない、情けない——っ！

こんなものが章仁の心の声だというのか。こんなくだらんものがッ！

これほど情けない人間が実の息子だという事実に、気が遠くなる。

いっそ殺してやりたいくらいに、憎い。なぜあんなモノがこの世にいるのか、理解に苦しむ。自分にとってマイナスにしかならない屑《くず》をどうして養わなければならないのか、そう思うと怒りしか湧いてこなかった。

章仁の生い立ちにも、感情にも、共感できる場面は一つとして無かった。

何が玩具だ。何が母親だ。何が操り人形だ。

自分の無能を棚に上げおって。使ってやっているだけ感謝しろと言うんだ。

「ままならんものだ。肉親が一番の重荷になろうとは」

羽能にはどうしても欲しいものがあった。金も名誉も手に入れたが、一つだけ、それらを引き換えにしても得ることのできないものがある。

格式だ。一代で財産を築いた羽能にもこればかりは手が届かない。

ビジネス界ではこの格式を持つ者が圧倒的に有利だった。世界には貴族や王族の血を引いていたり、あるいはそれら血筋と親類になった資産家が大勢いる。格式とは人間の歴史に比例した。旧家というやつだ。それは絶対的な信頼を生み出してくれる。名に重みが増すのである。

ただの金持ちでは名など無いに等しい。ある程度資産を貯めたなら次に求めるべきはこの格式を置いて他にない。羽能という姓を高める必要があるのだ。

では、どうすればよいか。貴族や王族の親類になるのは至難だ。唯一の息子は、当てになるどころか、毒にしかなりそうにない。政略結婚はおそらく望めまい。

旧家に比べればやや見劣りするが、それなりの格式を持つのが政治家である。何代にも渡って政治家を輩出した家系はそれだけで箔《はく》が付くほどだ。羽能が一代で格式を手に入れるには、自らが政治家になるしかない。時間を掛けるわけにはいかなかった、せめて十年、その間に権威を手にするには、地方自治体の長か代議士が望ましい。

そのためにも雪路照之と親交を密にし、選挙のノウハウを学ばなければならなかった。欲を言えば大々的な支援の約束を取り付けたいところだ。今回、照之の息子に頼ったのはその取っ掛かりにするつもりでもあったのだ。

「照之に頼るのは癪だが、そうも言っていられん。――しかし、章仁め、あの馬鹿たれのせいで余計な時間を食ったわい」

政界に名乗り上げる前に身内の恥を粛清《しゅくせい》せざるを得んとは。

知れと言うから読んだノートだった、しかし得られたものは単なる不快感のみである。出来損ないの恨み辛みは、出来ない者のやっかみでしかなく、理解しろという方が無理な話で、一つも心に響かなかった。

ただ、どれほど羽能聡仁を憎んでいるかは十分過ぎるほど伝わった。知ってはいたが、再確認できた。やはりあの愚息《ぐそく》はもはや人前に出さない方が良さそうだ。今後の指針を得られたとして、今回の一件の収穫としておこう。

いくらか頭が冷えたとき、最後に渡された手帳の存在を思い出す。

ノートを読み終えた後に読むように、そう言い含められて渡された手帳。ミニカーのシートに貼り付けられてあったということは、本来ならばこの館に入ってすぐに読むべきものだったのではないか。今さらどうでもいいことだが、ふと頭を過ぎった。

手帳を開く。一ページ目から最後のページまでぎっしりと言葉が埋め尽くされてある。

呪詛《じゅそ》の固まり。

『死んでください死んでください死んでください死んでください死んでください死んでください死んでください死んでください死んでください死んでください死んでください死んでください死んでください死んでください死んでください死んでください死んでください死んでください死んでください死んでください死んでください死んでください死んでください死んでください死んでください死んでください死んでください死んでください死んでください死んでください死んでください死んでください死んでください死んでください死んでください死んでください死んでください死んでください死んでください死んでください死んでください死んでください死んでください死んでください死んでください——、
あなたはここで死んでください』

「…………………………」

リビングの静けさがまるで汚泥《おでい》のように全身に絡《から》み付いてくる。不気味な気配が背後からゆっくりと近づいてくる感覚。大きな何かは壁一面を這いめぐり、羽能を頭上高くから見下ろしている。振り返れない。ここが章仁の潜む館だという認識が湧く。この館が如何に気色悪いかはすでに実感している。すべて羽能聡仁に宛《あ》てたものであることもわかっている。理解すべきは、その意図だ。

見せ付けたいわけじゃなかった。

再現してみせたものは、奴の心に巣食う忌《い》まわしき過去と、憧憬《どうけい》。

ここに羽能を引きずり込んだならやるべきことはただ一つ——復讐だ。

羽能は立ち上がり、玄関へ急いだ。ぐずぐずしてはいられない。いつ掲げた鎌《かま》が振り下ろされるかわからない状況なのだ、外に出るべきだ。どんな仕掛けが為《な》されているうと外に出さえすれば安全だ。安全のはずだ。ここに居ては駄目なのだ！

『僕の許可無くこの館から出て行かないでください。いいですね？』

あの若造が口にした警告を思い出したのは、玄関の扉を開けたときだった。

カチリ、と音が鳴り。

瞬間、目の前が真っ赤に染まった。

空気が、爆ぜた。


上半身を炎に包まれて呻く影は、間違いなく羽能聡仁だった。

雪路は階段を飛び降り、廊下の隅に置いておいたバケツを手にして羽能に水をぶちまけた。すかさず羽能を担いで火の手が上がる玄関を掻い潜り、庭の地面に乱暴に転がした。羽能の衣服に燻《くすぶ》る火種を完全に消し去るためだ。

後から旅人に聞かされることであるが、玄関扉にはスイッチが三つあったという。

一つ目は鍵を開けることでミニカーが作動した。二つ目はドアを閉めることでガスが噴出する仕組みだった。あの土が詰まった大きな甕にガスボンベが隠されてあったのだ。館の中に入ったその瞬間から噴出し始めたガスは、屋外とはいえ風通しが悪い場所であれば、時間とともに空気と混ざり合って滞留する。そして再びドアを開くとき、最後のスイッチで、わずかに静電気を発生させた。

火災を招くほどの爆発はこうして生み出されたのである。

羽能聡仁と心中するために章仁が仕組んだ罠《わな》だった。

顔を火傷した羽能はぐったりとしていたが、意識はあった。雪路の襟首《えりくび》を摑むと、鬼のような形相で睨み上げてきた。

「章仁はどこだ……ッ！ あのゴミ屑は一体どこにおる⁉ 許さんぞぉ！ 儂を、儂をこんな目に遭わせおってぇえ！」

ものすごい力で首を締め上げられた。しかし、雪路は平然とそれを受け入れ、つまらなげに口にした。

「あいつは死んでいた。天井裏で自殺したんだよ。アンタの奥さんと同じ睡眠薬でな」

「なあッ⁉」

わずかに放心し、そうして力なく項垂れた。息子の死のショックからではないだろう、羽能は家族から再び自殺者を出した醜態《しゅうたい》を憂えているに過ぎない。いつだって憂慮されるのは権威の失墜だけなのだ。雪路は同情することなく羽能を見下ろした。

ほどなくしてから羽能の肩が上下に揺れ動き、くつくつと忍び笑いが聞こえてきた。

目を怪しげに光らせて、雪路を見る。

「いや、考えようによってはこの事態、僥倖《ぎょうこう》と呼べるかもしれん。お荷物でしかない馬鹿息子は勝手に死によった。そして、目の前には照之の息子がおる」

頭髪を摑んで引き寄せ、額を擦り合わされる。

間近に迫ったあくどい顔が、舌なめずりした。

「いいか、雪路の？　章仁の死は火災事故に巻き込まれてのものだ。決して自殺などではない。自殺ではないのだ。これは事故だ。わかるな？　貴様の親父もそうしたように、うまく執《と》り成すのだ」

「……」

三期市長を務め上げ、引退後なおも権力を振るう雪路照之は、行政機関へのパイプも太く、もちろん警察組織への口利きもできる。市町村どころか県を跨いでさえいても地元の警察を黙らせるくらいのことなら可能なはずだ。それだけの力が照之にはある。そして、その力を羽能は宿望としていた。

「わかったな？　いいか、これは命令だ。貴様はすでに関わっているのだ、このことが露見すれば貴様ごと雪路家にも被害が及ぶぞ。わかったのなら、すぐに照之に連絡しろ」

遠縁関係にあるだけの羽能では照之に無視される恐れがあった。しかし、実の息子が関わっているのだ、照之も無視できまい。そういう計算の上での命令であったのだが。

「――――ハッ」

雪路は鼻で笑うだけで取り合わなかった。

こんな状況でも保身だけしか考えないなんて、ほとほと呆れる。

もはや言うべき言葉は尽きた。

この手の人種には何を言っても無駄なのだ。

「くっだらねえ。クソジジイ、テメエは一生そのままでいやがれ」

手で振り払い、羽能を置いて乗ってきた車に向かって歩き出す。

「おい、どこへ行く⁉　この事態をどうにかしろ！　貴様、聞こえんのか⁉」

激昂する羽能の肩を旅人がぽんと叩いた。

「命があっただけ儲けものだと思ってください。僕は水を用意しただけで助ける気は毛頭ありませんでしたから」

羽能には意味不明な言葉を残して、車の助手席に乗り込んだ。黒の高級外車は炎の照り返しを受けながら、なおも怒声を撒《ま》き散らす羽能の横を通り過ぎる。バックミラーにはさらに火力を増して燃え上がる羽能邸が映っていた。

公道をしばらく走ってから、路肩に寄せて停車させた。消防と警察に連絡を入れた雪路は疲れ果ててそのままシートに背中を預けた。

終わってみれば、心を切り刻んだだけの依頼だった。

兄の自殺に憤った昔、死ぬくらいならば刺し違えることだってできたはずだと頭の片隅で思っていた。それを今回章仁は実行した。結局羽能を助けてしまったが、最後まで見届けた雪路の胸裏に宿ったものは、虚しさだけだった。

——やっぱ死んだら駄目だろう。

もちろん自殺せずに殺人だけ行ったとしても、何の解決にもならない。むしろますます心は傷つくはずだ。クソ親父どものために過ちを犯すなんて馬鹿げている。ならば泣き寝入りするか。——いや。

雪路は進むべき道をようやく見つけ出せた気がした。

ところで、今回のことでどうしても気になることがある。

「どうして章仁の仕掛けを見抜いていたのにそのままにしていたんだ？」

助手席で何食わぬ顔で前を向くパートナーを睨み付けた。

ノートや手帳が羽能を外に逃げ出させるための小道具だということを、今聞いた。館に入って間もなく手帳を開き、外に飛び出したならば、ガスがほとんど溜まっていないために爆発は起きず、最悪でも火傷を負う程度で済んだのだ。ノートを順番に読ませたのは、ガスが十分滞留するまでの時間稼ぎ。旅人は章仁の殺意に気づいていながら無視をし、積極的に間接的に羽能殺害に協力した。

他人に容赦がないのはいつものことだが、これは少々行き過ぎだ。水を用意したからと言って許されるものじゃない。

「アニキの目から見ても、羽能は死んでも仕方の無い人間だったのか？」

そう訊くと、旅人は哀しげに笑い、

「僕の目が視つけ出すのは、そこに在るモノだけだよ。僕の思想や感情は反映されない」

その目を指で差した。

「そう。この目が視つけたから、僕はその『想い』を、――『殺意』を無駄にすることなんてできなかった。わかるかい？　僕がいなければ誰にも気づかれなかったんだ。本来ならね。羽能さんはまず間違いなく死んでいただろう。それが章仁さんの望みだったんだ。僕が居ることでその『想い』が無駄になるのは違う気がする。僕はイレギュラーだ。わざわざ隠されたモノを暴いてはいけない」

「イレギュラーだろうが何だろうが気づいたのなら止めるのが普通だろう」

「普通なら、そうだ。普通なら。けれど、ここに居るのは僕だ、羽能さんや章仁さんの物語にはそもそも登場しなかったはずの人間で、特殊な目を持っている。干渉すべきでないと判断した。水を用意しただけでもギリギリだよ」

「それにしたって今回のことは殺人の幇助《ほうじょ》だ」

「そうだね。僕の罪は見て見ぬ振りをしたことだ。もしもこの目が見えていなかったならありえなかった罪だよ。そうは思わないか？」

「……」

「僕の目は何だって視つけ出せるんだ」

　確かめるまでもないことを、自らに言い聞かせるように呟いた。

「アニキ……」

なんだ、この違和感は。なんだ、この唐突感は。

羽能は悪だが犯罪者ではない。旅人が冷酷《れいこく》になる理由がわからない。

以前と変わらない雰囲気なのに、以前には無い頑なさがあるような気がする。

「行こう。警察と鉢合《はちあ》わせると厄介《やっかい》だ。増子《ますこ》さんに嫌な顔をされてしまう」

わざとおどけてみせる旅人に反感を覚えつつ、発車させる。

長かった一日はこうして幕を閉じた。

＊

翌日の朝刊や朝の報道番組内で、羽能邸火災事故が短いながらも取り上げられた。出火原因は不明、家屋は玄関から約二〇〇平方メートルを焼失、事故当時屋内に居た羽能章仁が逃げ遅れて死亡したことを伝えた。

それ以上の情報は無い。消防番が経済界に疎かったか、あるいは警察の捜査が甘かったのか、羽能聡仁の名も、玄関先に仕掛けられた罠も、明るみにされなかった。

出火原因、不明。

放火の疑いすら報じない新聞に懐疑的になるのも仕方が無い。雪路は眉を顰めて新聞を放り、テレビを消した。どうしても雪路照之の顔がちらついた。

ソファに横になって欠伸《あくび》を一つ。一晩中悶々《もんもん》として過ごした。羽能聡仁のことや父親のことを考えて、雪路はある結論に達する。

「あいつらは人間じゃねえ。だからこっちの言葉なんざ初めから理解できないんだ」

一般人の感覚ならば、家族がバラバラになれば不幸だと嘆くはずだ。妻と息子が自殺したのだ、真っ当な人生であるわけがない。

しかし、羽能たちはそうは思わない。それがどうしたと言わんばかりに独善的にやり過ごす。一般人の感覚に当て嵌《は》めて思い知らせてやろうとするのは的外れなのだ。不幸だと指摘しても、そもそも不幸の概念が大きく違っている。捉え方が違う。認識が違う。だから彼らは傷つかないし、傷つけても気づけない。罪の意識が無ければ、罰を罰とも思わない。それが羽能や父・照之なのである。

絶対に、永遠に、誰とも分かり合えない。どこまで行っても自分以外の人間は他人で、それ以上でもそれ以下でもないのだ。本来、それは悲しいことのはずなのに、彼らは悲しいとさえ思わない。なぜ悲しいのかも理解できない。

生まれながらにして孤高。生き方そのものが罪であり、罰だった。

意趣返ししたところで痛くも痒《かゆ》くもなかったはずだ、雪路はこれまでの反抗的だった自分を情けなく思った。

拗ねるのはもう止めにしよう。お兄様や章仁とは違う形で、照之に立ち向かおうと心に決めた。

「あら？　いつ帰ってたの？」

家政婦の一味《いちみ》珠理《じゅり》が覗き込んできた。至近距離に突如《とつじょ》として端正な顔が現われれば、誰だって驚く。雪路は目を見開いて固まり、誤魔化すようにそっぽを向いた。

「まさかソファで寝てたの？　風邪引くよ？」

「ちげえよ。さっき帰ってきたばっかだ。おまえこそ、昨日は家に泊まったのか？」

珠理はエプロンを装着してリビングをパタパタと忙しなく動き回っている。これから掃除を始める気らしい。

「ううん。家からきちんと出勤してきたよ。——あ、ねえ雅彦君、お腹空いてない？　朝ご飯、作ったげよっか？」

冗談のつもりか可愛らしく首を傾げる珠理。いつもなら突っぱねるところだが、今は素直に甘えた。拒まれると思っていたのか珠理は目を丸くして驚いてみせ、すぐに上機嫌にキッチンへと向かった。

調理の音に耳を傾けて、しばし酔う。

——俺と章仁の違いはきっとこれなんだろう。

家というモノが好きではなかった。帰る場所が無いのは同じ、けれど、雪路には帰りを待つ誰かが居てくれた。昔は、その親切は鬱陶《うっとう》しいだけだったのに。人は気持ちとは裏腹に変わっていけるものらしい。

まどろみに意識が奪われていく。寝不足で回らない頭は、昨日のおかしな旅人を思い出させた。いや、昨日だけじゃない、最近はどうも様子が変だ。どこか焦っているようでいて、けれど達観もしているような。…………。

生きていれば成長も心変わりも豹変《ひょうへん》も、するものだ。

いずれ俺たちの関係も変わって、赤の他人に戻る日もあるかもしれないな。

そんな心にもないことを夢うつつに考えて、苦笑する。

「——まさか。そんな日は来ない。俺はいつだってアニキの傍に……」

焦りと不安を抱えているのは、変わろうと決意した雪路の方かもしれなかった。

＊　＊　＊

館に仕掛けを施して三日目。天井裏の奥で寝袋が、そろそろこの人生に決着を着けようと、もぞもぞと蠢《うごめ》いている。

章仁は睡眠薬の錠剤を掌に溢した。ざっと見る限り二十錠ほどが掌の上に散らばっている。一体何錠飲めば致死量なのか、母だった人はどれくらい摂取したのか、章仁にはわからなかった。できれば、母だった人と同じ量の錠剤を飲んで死にたかった。別に父らしき人への当て付けとかではなく、なんとなくそう思ったのだ。

とりあえず五十錠近くをミネラルウォーターで喉《のど》に流し込む。これだけ飲めば、まあ死ねるだろう。適当ではあったが、そんな適当さ加減が今は心地良い。

適当、……良い言葉だ。適という字に惹かれた。程良く肩の力が抜けていく感じがして好きだった。

適当に生きてみたかった。名を意識せず、急かされることなく、思うままに、生きてみたかった。

羽能の名はこの肩には重すぎる。自分はどうしたって羽能聡仁の息子として相応しくなかったから。ごくごく庶民的《しよみんてき》な暮らしの中で生きられたのなら、こんな自分でも生きていて良いと思えたのだろうか。詮無《せんな》きことではあるが空想せずにはいられなかった。

幸せになれたのだろうか。

「——まあいいや。最期の最後は楽しかったし」

父らしき人を殺すための罠を仕掛けるのは、かなり、心躍った。この日のために生きてきたのだという実感が湧き、この日のために努力してきたのだという自負さえ抱いた。

しかし、もしも父らしき人以外の人がこの館を訪れ、罠に掛かってしまった場合は謝りようがなく、せめて被害が最小になるように脅《おど》し文句を最初に登場させることくらいしかできなくて、少々心苦しい。父らしき人はそもそも見向きもしないだろうから、わかりやすい場所に貼り付けておいてもきっと気づかれないだろう、だからどうか自分を捜しにやって来る見知らぬ誰かには手帳を見つけ出してすぐに引き返してほしかった。そう祈るばかりだ。

そろそろ眠くなってきた。

最期だ。ほんの思いつきで、章仁はスケジュール帳を取り出して今の心境を書き綴ることにした。どうせ罠が発動すれば自分の遺体とともに焼失する。好き勝手なことを書くのもよいかと思ったのだ。


『貴方の息子は会社から逃げ出し行方を暗ましました。

なんて恥ずべきことでしょう。

我慢ならないと思います。ならば、さあ、見つけ出してみましょう。

これは僕――羽能章仁から羽能聡仁への挑戦状です』

にやりとする。意外と楽しい気持ちになり、章仁はページを捲った。

震える指で、霞《かす》む視界の中に、次々と文字を綴っていく。

『これ、読んでいる人いますか？　今、これを手にしている人、誰ですか？

まさか父らしき人じゃあありませんよね。

気まぐれで書いていますけど、眠くなるまでの暇潰しですけれども、これが見つかったということは、館は燃えていないんでしょうか。それは困ります。すごくすごく困ります。不要な玩具は燃やさなければいけないんですから。

この館は『玩具箱』です。

僕は操り人形で、母だった人は着せ替え人形かな。おままごとには付きものの家具と食器が等身大で備わった、でっかいでっかい玩具箱。父らしき人にはもう用済みでしょうから、燃やして差し上げなくっちゃです。在るだけで不快なら僕が自ら引導《いんどう》を渡します。

僕自身に渡します。

館とともに焼失です。

お片付けは得意なんです。

壊れて解体された家族は燃やすに限ります。

そろそろ眠くなってきました。

なんてカイテキなのでしょう。

ああ、ほんとうにたのしかった。さいごのさいごでこんなにじゅうじつできてほんとうによかった。いきてきてよかった。

このじんせいはむだじゃなかった。

そうおもえたから。

だから　ぼくは　とっても　とっても　とっても　』

微睡《まどろ》みの向こうでコトリとボールペンが落ちる音がした。掌から滑り落ちたスケジュール帳が顔面に当たって物陰に消える。

書き込めなかった最期の一言に無念を覚えた。

章仁は、やはり『しあわせ』とは無縁の人生だったと思い知るのだった。


「ちくしょう」

（了）

# 竹馬の友

三人の少女が仲睦《むつ》まじく、セーラー服のスカートをはためかせて駆けていく。高等女学校の生徒で、皆、良家のお嬢様である。

花のように可憐。新雪のように無垢《むく》。どこか夢見がちな乙女たちだ。

戦後を迎えて数年、国を挙げて復興に取り組み豊かさが一般市民の身近に普及し始めた頃、戦時中に抑圧されたものを解放するかのように街は娯楽で華やいだ。米国製品と米軍兵士を見掛けない日は無かった。人々はマッカーサー元帥《げんすい》に沸《わ》き、賭場《とば》で秩序を乱し、ストリップなどの性風俗が繁華街に溢《あふ》れた。貧富の格差は広がっていくものの、日本人は平等にどこか浮かれていた。鬱屈《うっくつ》した空気がにわかに晴れてどう体裁《ていさい》を繕《つくろ》えばよいかわからない様子である。一方で、戦争に行った夫や息子の帰りを待つ女たちは悲壮に沈み、明暗が路地を隔てて存在していた。

そんな悲喜交々《ひきこもごも》ある中で、目下、少女たちの心配事は神社の軒下《のきした》にあった。

「志《し》のちゃん、急いで！　置いていくわよ！」

「志のさんったら相変わらず足が遅いのね！」

　あやめと縁《ゆかり》がぐんぐん先を走っていく。徐々に離されていく二人の後ろ姿に、志のは懸命に叫んだ。

「待って、待ちなさいってば！」

　まだ復興の手が及んでいない町外れの、運良く戦火から免《まぬが》れた小山の麓《ふもと》がゴール地点だった。息も絶え絶えに到着すると、あやめも縁も疲れた様子を見せずに「じゃあ行きましょう」と境内へと続く階段を上っていく。

「ちょっとは休ませなさいよ。ずっと走り通しなんだから」

　弾む息に邪魔されながら、恨めしげに二人を見上げた。

「それを言うなら私たちだって走り通しでしたわよ？　バスはこっちまで通ってくれないのだもの。走るしかないじゃないの」

「それとも志のさんには私たちがお空を飛んだように見えたのかしらね。いやねえ、この陽気だもの、暑さにやられたのかもしれないわね。うふふふ」

　志のの体力の無さを知っているくせに、意地悪な二人。小さい頃から体練科の成績だけは悪かった。ちょっとした遊びの最中でも運動音痴《おんち》を笑われることがあって、そのたびに頬を膨《ふく》らませたものだ。

　あやめと縁はくすくすと笑いながら、階段を下りてきた。

「しょうのない人ね。いいわ、じゃあ手を繋いであげる」

「離しちゃ駄目よ。そうしたらすぐにまた置いて行っちゃうんだから」

三人並んで手を繋ぐ。いっせーの、せっ、で階段に足を掛けて、顔を見合わせて笑い合った。冗談だってわかっているから志のも心から笑えるのだ。支え合うように、互いに甘えるように、身を寄せ合って一歩一歩上っていく。

ずっと一緒だった。尋常《じんじょう》小学校の一年生の頃に出会い、以来いつだって三人で行動をともにしてきた。疎開していた間は会えなかったけれど、その分を埋めるように、再会できた後は一時たりとも離れたくなくて、常にこうして三人でいる。

親友なのだ。下手をすると親兄弟よりも絆は深い。——少なくとも志のはそう思っている。

「お姉ちゃん、今、米国の軍人さんとお付き合いしているのよ」

「あやめさんのお姉さんって英語が堪能なんですってね。通訳のお仕事をしているとか」

「私もいつかお姉ちゃんみたいに英語をスラスラと話せるようになりたいわ。今、猛勉強中なの」

「あら、じゃあ、卒業したら通訳のお仕事をなさるつもりなのね」

あやめは力強く頷いた。その顔があまりに輝いて見えたからか、負けじと縁も夢を語った。

「女学校を卒業したら専門学校に行くのよ。服飾の」

「服飾？」

「そう。デザイナーよ。この間、東京でファッションショーがあったの知ってるでしょ？」

婦人誌に載っていた記事を思い出す。三人で大いに盛り上がった話題だ。

「あれ以来ね、寝ても覚めてもそのことばかり考えちゃうの。お裁縫は得意だからそういうお仕事もいいと思って」

「縁ちゃんすごい！　応援するわね！」

志のを挟んであやめと縁が互いの夢を応援し合う。こうなると、次は当然志のに矛《ほこ》先《さき》が向くのだが、志のは若干表情を曇《くも》らせた。

「志のちゃんは何かある？　将来の夢」

あやめに顔を覗き込まれて慌てて表情を打ち消した。取り繕うように笑い、

「そうね。私は学校の先生にでもなろうかしら。結構向いているような気がするし」

そう言うと、二人はぱあと表情を輝かせた。

「とっても似合うわ！　志のさんってばしっかり者だし、頭もすごくいいもの！」

「本当ね！　知ってた？　私と縁ちゃんが調子に乗っちゃうといつも志のちゃんが止めてくれるのよ。まるでお姉さんみたいだって思ってた。嘘じゃないわ。志のちゃん、とっても真面目だから、先生に向いていると思う」

俄然《がぜん》盛り上がる二人だが、志のは苦笑するばかりだ。志のは、自分がしっかり者で頭が良くて真面目な人間だと、周囲の人間に思われていることを自覚していた。だから提案したのだ、きっと二人が喜ぶだろうと思って。

お姉さんみたいなしっかり者だなんて思い違いもいいところ。実際は、しっかり者を演じてようやく人並みで、それでもいつも一歩遅れてしまう志のに、二人がペースを合わせてくれているに過ぎなかった。むしろ志のにとって二人の方が憧れであり、自分を高みへと引っ張ってくれる原動力なのだ。

「——と言っても、まだ決定じゃないの。将来は未定だわ」

「未定……。じゃあ、志のちゃんがどういう職業に向いているか私が判定してあげる」

「あ、ずるいあやめさん、私も参加するわ！」

「……」

なぜか勝手に志のの職業を決めることになった。身近な職業から当てはめていって、ああでもないこうでもないと首を振り、ついには妄想《もうそう》の域にまで及んでいく。

「女優なんかどう？　綺麗だし、声もすごく張りがあるから人気出るわよ。宝塚《たからづか》ね、宝塚」

「それよりも小説家なんてどうかしら？　少女小説書いてほしいわね」

「映画でもいいわ！　原節子《はらせつこ》みたいな女優を目指しましょうよ！」

「あ、じゃあ折衷案《せっちゅうあん》。映画の脚本を書けばいいんだわ！」

それだ、と声を合わせるあやめと縁。他愛もなく悪気もない、単なる雑談。志のは肩を竦めて二人を諌めた。

「はいはい、ありがとう。そんなことよりお二人さん、さっきから足が止まっていてよ？　早く上らないと日が暮れちゃうわ」

ここまで来るのに駆け足だったのに、これでは急いだ意味がない。あやめも縁も思い至ったのか、はーい、とまるで生徒のように従った。それが可笑《おか》しくて、また笑う。

「やっぱりお姉さんだわ」

あやめの何気ない一言に、志のはどんな顔をしていいかわからない。

将来の夢を語り合える時代になったことを改めて実感し、幸せに思った。少し前までは銃後の守りに徹することが愛国の証だと教えられてきたのに。米国を見ていたらなんだか馬鹿らしくなってしまうから不思議だ。……親兄弟が戦死した一家の人たちはそんな単純に米国文化を歓迎できないのだろうけれど。

こうして三人でいられることすらも、きっと奇蹟に違いない。

でも、志のは時々思う、いつまでも一緒にはいられないんじゃないかって。

将来の夢を訊かれたとき、志のは、実は答えに窮《きゅう》していた。咄嗟《とっさ》に出た教師という答えは苦し紛れで、でも言ってからそれしか選択肢を思《し》いつけないことに愕然《がくぜん》とした。自分のやりたいことなんてわからない。ただ漠然《ばくぜん》とお見合いとかしてすぐに家庭に入るのだろうと思っていた。あやめと縁がこんなにも積極的に自立しようとしているなんて夢にも思わなかったのだ。

手を繋いで一歩一歩上っているのに、同じ位置にいる気がしない。

二人は志のを置いてどんどん先へと進んでいく。

この先きっと、二人が志のの位置まで下りてきてくれることはなくなるのだろう。

寂しいと思った。

「それにしても長い階段よね」

階段を上りきったとき、三人とも息を切らして手を膝に突いた。毎日こんな思いをするのは小憎らしいあいつのせいだ。境内の先、社の拝殿の床下を恨めしげに眺めた。

そこには古びた木箱が置いてあった。

「空襲から免れた由緒ある神社よ。ご加護があるのならここから移動させない方がいいでしょう」

「――って、三人で決めたのよね。我慢ね、我慢」

足腰の鍛錬《たんれん》になっていい、なんて慰《なぐさ》め合って木箱に近づいていく。

底の浅い木箱は元は魚の配送に使われていた物らしく、魚介の匂いがしっかりこびり付いている。あいつにとっては格好の棲家《すみか》だろうと思う。三人で拾って持ってきた物だ。この箱に持ち寄った小魚を入れることがここ最近の日課である。

あいつことひょろひょろに痩《や》せ細ったブチ猫は、一ヶ月ほど前に縁が拾ってきた老猫である。空襲が原因だったのかどうか知らないが、足を悪くしていて、そのせいで満足にご飯を食べられていない様子だった。心優しき乙女たちは力を合わせてこの猫を保護しようと誓ったのである。

最近いくら食うに困らなくなってきたとはいえ、猫には贅沢すぎる干し魚を取り出して腰を屈める。大抵は木箱の中で蹲《うずくま》っていて、餌《えさ》に気がつくと脇目《わきめ》も振らず食いつくのだが、

「……」

「やっぱりいないわ」

それどころか、昨日と一昨日の分の小魚もそのままだ。三人の間に沈黙が流れる。

本当はわかっていた。もうあの猫には二度と会えないだろうってことくらい。

別れはいつだって突然だ。戦争でたくさんの人が死んだ、それとは関係ないところで事故に遭った人もいた、終戦を迎える前に老衰で亡くなったお年寄りもいただろう、栄養失調で生きられなかった子供たちのことを人伝いに聞いたことがある。

死別は本当に唐突にやって来る。待ったなしだ、さよならだって言えやしない。

木箱を見つめて、志のは切なくなった。

「ねえ、あやめ。縁。提案したいことがあるんだけど」

無垢な少女たちが交わした無垢な誓い。

それは、いつかは三人にも訪れる約束事である——。

＊　＊　＊

暖炉の火が赤々と室内を照らす。わざと照明を薄暗くしているので、生きた火の明かりが主な光源となっている。暖炉の前にソファを置いて座り、そこで刺《し》繍《しゅう》や編み物をするのが合田《ごうだ》志のの楽しみの一つであった。

志のは編み物をしながら、膝の上にじゃれてくる小さくて可愛い友人に語り続ける。

「あやめは卒業したら航空会社に就職していったわ。飛行機の搭乗員になったのよ。わかるかしら？　スチュワーデスのこと。あら？　最近では別の呼び方があったわね」

小さな友人は細かいことは気にしないのか、「それで？」話を促した。

「それで、――そう。アメリカで働いている日本人と結婚したの。てっきりお姉さんと同じでアメリカ人と結婚するものと思っていたのに、私も縁も拍子抜けしたわ。でも、幸せそうだった」

一旦手を休めて、遠くを見つめた。五十年以上も昔の出来事なのに、どうしたことか鮮明に思い出せる。今朝のことさえ思い出せない老いぼれが、不思議なものだ。

「すごく勉強してやっと英語が話せるようになったのに、使っていたのはほんの数年間だけだったのよ。まったく。無駄な努力をしたものだわ」

もちろん、まったくの無駄だとは思っていない。英語が話せたから現地の案内だってできたのだし、それがきっかけで旦那さんと知り合えたのだから。今にして思えば、生涯《しょうがい》の伴侶《はんりょ》を得るための必要な努力だったわけだ。

くすりと笑い、編み物を再開する。

「縁はね、なんと女優になったのよ。デザイナーを志していたのだけれど、映画の撮影所に見学に行ったときにそのお仕事に惚れ込んだらしくて、そのまま就職。女優と言っても端役《はやく》ばかりだったわ。でも、楽しそうにしていたっけね」

「結婚したの？」

「したわよ。縁のお父さんのお知り合いの方とお見合いしたの。初めはあやめみたいに恋愛結婚したくて嫌がっていたのに、相手の方がハンサムだと知るとコロッと態度を変えて。可笑しかったわ」

「ふうん」

相槌《あいづち》を打つものの、あまり興味が無いのか指先で毛糸球を弄って遊んでいる。志の膝を枕にしてごろんと寝返りを打ち、志のを見上げた。

「仲が良いのね」

どこか拗ねた口調である。志のがあまりにも楽しげに語るものだから疎外感を覚えて面白くないらしい。いつもは大人びているのに、今は歳相応のあどけなさを見せている。

可愛いくて、癒《いや》される。

「テイちゃんは仲の良いお友達はいる？」

「いるわ。志の」

素っ気無いけれど、即答されて嬉しい志のだった。

この小さな友人の名前は百代灯衣ちゃん。一年ほど前に知り合った保育園児だ。駅西口付近の繁華街では評判の女の子。可愛いくせに澄ましていて小生意気、でもそこに味があってついつい構ってあげたくなってしまう。まるで猫みたいな子供なのだ。

何度か見かけるうちに惹かれてしまった。趣味で作ったお洋服をプレゼントしたのがきっかけで、リクエストされたデザインのパジャマを作ってあげるようになる。最近作ったのはクーズーという名の、角の生えたウシ科の動物の着ぐるみパジャマだった。図鑑を開いて見せられたときは驚いたし、センスも疑ったけれど、なんともこの子らしくて和んだものだ。

そんなふうにして交流していくうちに、灯衣は志のの家に時折こうしてお邪魔するようになった。大抵は一緒にお茶を飲んだり、お菓子を作ったり、ボードゲームやトランプをしたり。

今日はだらだらとお喋りに興じることにした。

「でもね、テイちゃんもそろそろ同い年のお友達を作った方がいいわ。子供のうちに仲良しになった人はね、大人になってもずうっとお友達でいられるのよ」

「んー……」

気乗りしない返事。大人受けする代わりに同年代からはとっつきにくい印象を持たれるようだ。実際にそうなのだろう、極端に人見知りだとも聞く。

お父さんにはものすごく素直なのに。なんとももったいない。

「テイちゃんならいっぱいお友達ができると思うわ。お友達ができたなら私にも紹介してちょうだい。一緒にお友達になりましょう」

「お友達作ったら、志の嬉しい？」

「ええ、嬉しいわ」

「……」

ごろんと、今度はうつ伏せになって顔を埋めた。ぐずるように嫌々をする。志のに甘えているのだ。

灯衣の母親は遠いところに居て、一緒に暮らせるようになるにはあと数年掛かるらしい。それまで里親に面倒を見て貰っているわけだが、やはり母親の愛に飢《う》えていた。志のではせいぜい曾お祖母《ひいばあ》ちゃん。数少ない心許せる人間の一人として好きなだけ甘えさせてあげたいと思うのだけれども。

とはいえ、それはそれ。

「お友達を作りなさい。簡単よ。わたしとお友達になってくださいって言えばいいの。もしもずっとお友達を作らないようなら、私もテイちゃんとお友達やめちゃうわよ」

厳しい口調で言うと、灯衣も反発するようにがばっと起き上がって、真っ向から見つめ返してくる。

「言われるままにお友達を作ったって、そんな友情、どうせ長続きしないわよ」

とても正鵠《せいこく》を射《い》た発言である。保育園児とは思えない、屁理屈《へりくつ》をこねられるだけの利発さが憎たらしい。

灯衣の言うとおり、友達とは『作る』というよりいつの間にか『成っている』ものだと志のも思う。上辺《うわべ》で語る友情ほど脆《もろ》いものはない。けれど、努力すら放棄していたら絶対に友達なんて出来やしないのだ。まず「お友達になりましょう」と声を掛けていかないことにはきっかけは生まれない。たとえ上辺から始まった友情ごっこであろうといつかは本物になるかもしれない。初めから無理だと言って諦めていたらどんな可能性さえも見逃してしまう。

灯衣には、これからの長い人生に友達は絶対に必要だ。

「志のだけでいい。お友達なんて」

嬉しい反面、その頑なさに灯衣の寂しさが反映されているようで、切なくなる。まるでかつての自分を見ているみたい。

――三人だけでいいって思った。この世で、ただ、この三人だけで繋がっていれば何も怖くないし、寂しくない。尋常小学校で出会ったあの瞬間、志のとあやめと縁は決して切れない友情で結ばれたはずだった。それなのに――。

「志のだって、あやめって人と縁って人とはもう会ってないんでしょう?」

「……ええ、そうね」

「ほら」

灯衣はつんと澄まして志のをじろりと見据えた。見透かした。灯衣にお友達を作ってほしくて聞かせた昔話なのに、逆効果だったようだ。友情は長続きしないという悪い見本を提示した形である。

自ら友情を壊してしまった者がどんな説教をしても、何も伝わりはしない。

暖炉の火が爆ぜる。パチ、パチ、と静かに志のを責め立てる。目に優しいはずの炎の赤が怒っているみたいに見え、握ったかぎ針の硬さに指先が痛んだ。

「手、止まっているわ」

灯衣の声に、志のは編み物を再開した。この話はもう続けられそうにない。

風と火と、二人分の呼吸の音だけが耳に入る。時折、外は風が強いようで、ひゅお、と雄叫《おたけ》びのような音を鳴らし、窓をがたがたと揺らした。不吉な静けさではあるものの、灯衣は志のの膝を枕にして身動《みじろ》ぎ一つしない。この部屋に時計が無いせいか、空気そのものが流動することを止めて、静止画の中にいるようだ。

「……テイちゃん？」

穏やかな寝息が聞こえてきた。

ソファの上で丸くなる灯衣はまるで椋鳥《むくどり》だ。同類が身を寄せ合うように、志のに無防備な姿を晒《さら》している。その寝顔にはどこか哀愁《あいしゅう》が漂った。誰とも交われない寂しさを、灯衣の中に見た気がした。自分と同じ孤独な気配。庇護《ひご》欲《よく》を掻き立てる脆弱《ぜいじゃく》さに思わず手を伸ばしそうになる。救ってあげたい、見守っていてあげたい、せめて自分のようになってほしくない。

けれど、志のにはもうどうすることもできない。

「………………はあ」

溜め息を溢していた。この子が自分と同じように後悔するとは限らないのに、何を心配しているのか。まだ幼いのだからこれからいくらでも変わっていけるだろう。羨ましいとさえ思う。

そうだ。志のはただ後悔しているだけだった。だからこそ、悪あがきとは思いつつも、やり残したことをやっている。

手元を見下ろして、終わりが近いことを予感した。

やはりと言うべきか、来訪者は間もなくやって来た。

ノックの音に「どうぞ」と返し、扉が開く。志の部屋に入ってきたのは背の高い好青年。灯衣の里親で探偵の日暮旅人である。灯衣と知り合ったのは一年前に彼を訪ねたことがきっかけだった。

旅人が虚ろな雰囲気を醸しながら暖炉に近づいた。

「良い趣味ですね。僕も好きなんです、暖炉」

「息子がね、私が欲しいと言ったら、わざわざ作ってくれたのよ」

庭先に建てられた離れ。志の専用の小さな家は、終《つい》の住処《すみか》として申し分ない。家族だろうと人付き合いが苦手な志のにとって心安らぐ場所である。

旅人が改めて志のに向き合った。

「灯衣がいつもお世話になっています。毎回お邪魔してしまっているようで恐縮です」

「こんな可愛いお客様ならいつだって大歓迎よ。ひ孫《まご》が出来たみたいで嬉しいの」

すやすやと眠る灯衣を見つめて、二人はしばし沈黙した。

灯衣を迎えに来たわけじゃなかった。志のは膝で眠る灯衣を起こさぬよう、ゆっくりと居住まいを正し、旅人を見据える。

「報告してもらえるのかしら？」

ええ、と頷く旅人の目に哀しみが宿った。

「結果から申し上げます。倉科《くらしな》あやめさんと田淵《たぶち》縁さんは、すでにお亡くなりになっていました」

＊

お友達になりましょうよ、と手を引いてくれたのはあやめと縁だった。

引っ込み思案でノロマな私は、天真爛漫《てんしんらんまん》でふわふわひらひら駆けていく紋白蝶《もんしろちょう》のような彼女たちに憧れた。こんな私を友達と呼んでくれるあやめと縁が大好きだった。

女学校を卒業した後、縁と一緒に服飾の専門学校に通った。特にやりたいこともなかったので、どうせなら手に職を付けたかったし、何より縁と離れがたかった。縁は好きなことに打ち込んでいるからか見る見るうちに上達していったが、不器用な私では付いていくのにやっとで伸び悩んだ。自分には向いていないのではないか、そう落ち込んでいたとき、縁はなんと学校を辞めて映画会社に就職していってしまった。

「女優をやってみたくなって。でも、下手くそって、ずっと怒鳴られてばかりよ」

これまで演劇とは無縁の人生を送ってきたのだ、その評価は当然だろう。与えられる役はエキストラで間に合うような端役ばかり。それでも縁は毅然《きぜん》としていた。

時同じくして、あやめも仕事を辞めた。

「結婚したい人がいるの。だから、お仕事はもうやらない」

しかし、退職してから結婚まで一年も間があったのはどのような理由からか。私は詳しいことは知らされていない。

縁談が持ち上がった。母の知り合いの息子で、朴訥《ぼくとつ》で体の丈夫さだけが取り柄の無難な男性である。良いも悪いもなかった。両親からは、こういうものはタイミングだと説得され続けた。あやめと縁にそのことで愚痴を溢すと、縁は手を叩いた。

「私にもお見合いのお話が来ているのよ。じゃあ、私も会ってみようかしら」

それから間もなく縁は入籍《にゅうせき》した。後を追うようにして私も縁談をまとめた。三人は同時期に主婦になったのだった。息ぴったりね、と笑い合った。

三人はずっと同じ歩調で人生を歩いてきた。

仲が良いからだと彼女らは言うが、果たしてそうだろうか。

私は怖くなった。――もしかしたら、ノロマな私に歩調を合わせてくれていただけなのではないか。仕事も結婚も、立ち止まる私の背中を押す為に、二人は本来の道を取りやめたんじゃないのか。そう思ったからだ。

自惚れに過ぎない。彼女らには彼女らの物語があって、それぞれの岐路《きろ》で最良の決断を下した結果、歩調が同じになってしまっただけのはず。私の為に人生を犠牲にしただなんてそんな馬鹿げたことあり得ない。そう思う、……けれど。

「――でも、私だったら、二人の為ならどんなことだってできる。自分を犠牲にしてでもあやめと縁に付いて行くわ。だって、大好きなんだもの」

もしもあやめや縁が仕事でうまくいかなかったり、結婚できなかったりしたならば、志のは当然のように仕事を辞めるし結婚も取りやめるだろう。いつだって同じ歩調でいたかったから、その為の努力なんて呼吸するのと同じくらい当たり前なのだ。

「愛しているのよ。親よりも、夫よりも、息子よりも、私はあやめと縁が好きなの」

両隣にはいつも彼女たちがいた。

手を繋いで歩調を合わせて、いっせーの、せっ、で次のステージに足踏みを揃えた。

自分を押し上げてくれる原動力。

――愛さないはずないじゃないの。

「……では、どうしてそんなお二人と疎遠になられてしまったんですか?」

黙って話を聞いていた旅人が、核心を突いてきた。

理由も言わずに二人を捜せと依頼したのだ、二人の消息を突き止めてくれた礼も兼ねて、志のは告白した。

「私、思ったの。あやめも、縁も、実は私と同じなんじゃないかって。一人が立ち止まったら喜んで立ち止まれるの。一緒に居たいから。ただそれだけのことで人生のたくさんのチャンスを無駄にできた」

それだけのこと、と言ったが、三人で居られること以上に大切なことは無かった。

親友だから、わかる。何を置いてもあの二人は志のの傍に居たいと願ってくれた。

「嬉しかったわ。でもそれ以上に、苦しかった。私のせいで二人は多くの物を犠牲にした。私も立場が同じなら、二人の為に何だって犠牲にできる。でも、そんな場面はついに訪れなかった」

不器用で、ノロマで、いつも一歩遅れて二人の後に付いて来た志のでは、どうあっても二人の為になんて成れなかった。自分は足を引っ張る枷《かせ》でしかなく、いつかきっと二人から見捨てられる気がしていた。

「怖くなったのよ。二人の好意が、行為が、重たくなったわけじゃないわ。私はただ二人が離れていってしまうことを恐れたの。最低だわ。私はね、我が身可愛さに二人の前から姿を消したのよ」

傷つく前に、傷つくと知っていながら、傷つけた。

黙って引っ越し、連絡を絶ち、寂しさを紛らわせようと縫製工場で朝晩働いた。家族を説得するのは骨であったが、それであやめと縁の負担を取り除けるのならと心を鬼にした。これが二人にとって最良の、志のができる最大の思いやりなのだと自分に言い聞かせて。

「でも、今ではそれが思い上がりだったのだと気づいたわ。二人は私のように切実に悩んでいなかった。きっと、最初に思ったとおり、あやめと縁は自分にとって最良の選択をしてきたの。私だけが友情というものをはき違えていた」

優しさを押しつけ合うことが友情だと思っていた。

思いやりだなんて言っておいて二人の友情を怖がっていたに過ぎない。

きっと二人は志のが二人の前から姿を消した理由についぞ見当が付かなかったはずだ。

「……今さら後悔しているようじゃ世話ないわね」

自嘲《じちょう》し、思い出したように止まっていた編み物を再開する。切れた絆を引き寄せるように太い毛糸を編み込んでいく。今ではこの作業が唯一心を慰めてくれる。

「そう。二人とも逝ってしまったのね」

驚くほど素直に受け入れられた。傍目から見ればまるで他人事のように冷たく映ったかもしれない。あやめと縁の死を当然とばかりに聞き流している。

八十をとうに過ぎているのだ、いつお迎えが来てもおかしくない。そういうことだってあり得るだろうと覚悟くらいできていた。

「ひどい人たちね。私を置いて行くだなんて」

だから、その憎まれ口もあっさりと口を突いて出た。ひどく虚しく響いたそれは、暖炉の火の爆ぜる音に被さって消えた。

手を離したのはこちらの方なのに。

置いて行かれたと感じるのは勝手だろうか。

「お二人がすでに逝去《せいきょ》されていたので、ご家族の方にお預かりしていた品物をお渡ししました。墓前にお供えしてくれると約束してくださいましたよ」

余韻に配慮しつつ、旅人が報告した。

「ありがとう。これで思い残すことはなくなったわ」

「あれは形見の品ですか？」

「……」

もし二人を見つけたなら渡してほしいと頼んだ物。

それは志のが真心を込めて編んだ膝掛けとマフラー。

旅人の言うように、形見の品である。

「志のさんが重い病気に罹っているのは知っていました。この目にははっきりと映っている。肺と心臓を患《わずら》っていらっしゃいますね」

患部《かんぶ》を言い当てられて驚きつつも、歳も歳だからどんな病を抱えていても大した問題ではない、と開き直っていた。老い先短いことになんら変わりはないのである。痛ましい表情を浮かべられても困る。

「昔ね、三人でこっそり猫を飼っていたの。年老いた猫で、ある日突然いなくなった」

それがすごく悲しくて、別れはいつも突然やって来るのだと悟ってしまい、志のは二人に提案した。――黙っていなくならないでね、と。

いなくなるときは合図を。

別れのときは挨拶を。

三人は無垢な心で誓い合ったのだった。

「今さらよね。形見を渡されたって二人とも困っただろうし」

幸い、あやめも縁もあんな約束覚えていなかったようだ。

しかし、旅人は「そういうことだったんですか」と得心が行ったという顔をした。

「何が？」

「あやめさんと縁さんのご家族から預かってきたんです。僕が合田志のさんのお遣いで来たと話したら渡されました。どうか届けてくださいと言って」

懐から二通の手紙とイヤリング、緑色のブローチを取り出した。志のはそれらを受け取り、旅人を見上げた。

「もしかして、これ……」

「病気で亡くなる前に遺言を残していたそうです。もしも合田志のさんという方が訪ねて来たら渡してほしい、と。お二人とも、ずっとその約束を覚えていたんです」

「……」

頭の中が真っ白になった。それぞれ形見の品を指でなぞると、在りし日の紋白蝶が声を弾ませて志のに語り掛けてきた。

『しょうのない人ね。いいわ、じゃあ手を繋いであげる』

『離しちゃ駄目よ。そうしたらすぐにまた置いて行っちゃうんだから』

志のはそっと目を閉じる。聞こえるはずのない幻聴に思わず口元を緩《ゆる》ませて。

ほら、やっぱり。

立ち止まっていた私を迎えに来てくれた。

窓から夕焼けの空に木枯らしが舞うのが見える。冬の到来に備えて椋鳥たちが群れを成して飛んでいく。暖炉の音も、灯衣の寝息も、静けさを助長して逆説的に無音の空間を生み出した。おそらくここは時間から忘れられていて、志のの出発を今か今かと待っている。

意識せずとも作業を続ける両手。

いつの間にか形はとうに整っていた。

「できた」

糸の始末をスムーズに行い、ハサミで切ってついに完成。灯衣の為に作った小さな毛糸の帽子である。間に合って良かったと一息吐いた。

「貴方にも会いたい人はいて？」

尋ねると、旅人は悲しげに目を伏せた。何気なく訊いたことだけど、お節介が顔を覗かせた。

「会いに行きなさい。いつ死に別れるかわからないのだから」

自ら友情を壊してしまった者だからこそ、後悔を知っているからこそ、できる忠告もあるのだ。

灯衣の頭をそっと撫でる。この子にも志のの気持ちが伝わればいいと思う。手編みの帽子にせめてもの想いを託《たく》して、灯衣の掌に握らせた。

別れはいつだって唐突で、突然で。だから。

「さようなら」

これでもう、思い残すことはなくなった。

＊　＊　＊

ある日、ある時。

ふと立ち返った場所は、境内へ続くあの石段の下だった。夏の盛りか、蟬《せみ》の声が耳に煩《うるさ》い。額から汗が噴き出てくる。風なんてそよとも吹かず、目眩を起こしたみたいな蜃気楼《しんきろう》が立ち上る。

これは夢だ、と志のは思った。だって、こんなにも懐かしい。

両脇から涼風が吹き抜けていく。

紋白蝶が二匹。セーラー服姿で石段を駆け上がっていく。六十年以上も昔の、若かりし日の少女たちが今、目の前で振り返る。

「志のちゃん、疲れちゃった？　少し休憩《きゅうけい》していく？」

「まあ、だらしないのね。志のさんったら相変わらず足が遅いんだから！」

あやめと縁はくすくすと楽しげに笑いながら、上った階段を一段一段下りてくる。志のに手を差し出して、優しい笑みを浮かべた。

「待たせ過ぎよね、まったく」

「今度手を離したら本当に置いて行っちゃうわよ」

「あやめ、……縁」

猫に餌を与えに行ったあの日の情景である。――これは夢。でも、なんという奇蹟だろうとこの胸は打ち震えていた。

志のは恐る恐る手を伸ばした。

「怒ってないの？」

「怒っているに決まっているじゃないの、馬鹿！　私たちがどんなに寂しかったかわからないの！」

「志のさんと一緒に居たかったのに。勝手だわ。もうどんなことがあったって離してあげるものですか」

両手に彼女たちの温もりが触れる。ぎゅっと掴んで、痛いくらいに繋がった。

「もう離れ離れは御免《ごめん》よ」

あの日の三人に立ち返る。独りでいるよりもずっとずっと何倍も穏やかでいられるひととき。志のも、あやめも、縁も、待ち望んでいた瞬間だ。

声に出しては言わないけれど、きっと二人にも伝わっている。

大好きって。

少女たちは一列に手を繋いで一段一段を慎重に上っていく。

あと一歩で境内というところで立ち止まる。三人は互いに顔を見合わせて、呼吸を揃えて大きく体を揺り動かす。

笑顔を湛えて、「いっせーの、せっ」真夏の空に飛び立った。


（了）

# 昔日の嘘

見生美月が置いていった写真には三人の人間が肩を並べて写っている。

真ん中にいるのは中学時代の旅人である。三人の中では一番背が低く、恨めしげにカメラを睨みつけている。その右隣には美月がいて、こちらは真面目な顔をしていた。そして、左隣。今現在の旅人と同じくらいに背が高く、旅人の背中に片手を添えてニカッと眩しい笑顔を向けている。トレードマークの髭面《ひげづら》が顔の下半分を真っ黒に染め、笑ったときの歯の白さを際立たせている。美術部の顧問《こもん》で、美術教科担当の教師。そしてまた、旅人の父・日暮英一《えいいち》の従兄に当たり、旅人の居候先の保護者でもあり、旅人の一番の理解者になろうとしてくれた人でもあった。

「……先生」

熊だ浮浪者だと生徒たちに馬鹿にされ、親しまれ、同じくらい慕われていた。渾名《あだな》は『カイセン』──甲斐義秀《かいよしひで》先生を略したものだ。皆、この先生が好きだった。

当時のことが思い出される。記憶に引きずられて、自然と顔つきはあの頃の自分を取り戻す。写真の中の美月と先生に「構ってくれるな」と頑なに拒絶の笑みを浮かべてしまう。

人を小馬鹿にするような、自嘲気味に歪んだ笑みだ。

――カイセン、長くないんだって。

美月の言葉が脳裏に焼きついて離れない。

旅人は思わずギリッと奥歯を噛んだ。美月と再会したあの日からどうしても焦燥感《しょうそうかん》が拭《ぬぐ》えない。箱の中身を言い当てられなかったことも要因の一つだ。たくさんの大きな物事が、状況が、刻々と変化していっている。心がそれに追いついていかず、ますます旅人を焦らせる。

どこから間違えたのか。自分の生き方はどこからが修正可能なのか。

歪んでいることは自覚していた。自覚した上で復讐に生きてきた。だから終わりも見えていたというのに、生きたいと心変わりしてしまったものだから、それ以来ずっと訳も分からず悩み通している。

「先生、貴方にはわかりますか？」

昔、何度となく説教をしてくれた唯一の先生。あの頃は先生の言葉に耳を貸さず、心を開くことも拒否していた。今の自分ならば先生の言葉を理解できるのではないか。弱りきった心が救いを求めるように、写真を摘む指先に力を加える。

ぐにゃりと写真が曲がり、幼い旅人の顔も歪む。

立ち返るべきなのかもしれない。

歪んだもの、壊れたもの、そのものの人生を、どうしたら取り返せるのか、先生にならわかるかもしれない。

気づいたときにはもう、美月の名刺に載せてあったメールアドレスを携帯電話に打ち込んでいた。機械を通した音は拾えないので電話で話すことができない。電話で声を聞いたのは後にも先にもあのときだけだ。通信手段はもっぱらメールである。

簡潔な文章で用件だけを打ち込んで、送信。一分と掛からずに美月から返信がきた。

旅人は携帯電話を懐に仕舞い、常に用意してある旅行鞄《かばん》を手に持った。

＊　＊　＊

ぐいっと袖《そで》を引っ張られて、陽子は我に返った。

「あ、え？」

「陽子先生、聞いてる？　もうっ、さっきからずっと呼んでるのに！」

灯衣が不服そうに陽子を見上げている。手にしているミュージックベルを耳元でカラカラ鳴らされて、耳がキンとなる。逃げようにも灯衣に袖を摑まれているので逃げられない。よっぽどご立腹のお姫様は申し開きがあるなら言ってみろと口元をへの字に曲げている。

探し物探偵事務所のリビングで、陽子はしばし考え事に没頭していたようだ。

「ごめんごめん！　ちょっとボーッとしてた」

「まーっ！　わたしの練習に付き合ってくれるって言ったのに、ボーッとするなんて最っ低ッ！」

園児からの最低呼ばわりは割ときつい。その一言にあらゆる駄目っぷりが凝縮されているようで、就学前の子供から言われると大の大人としては恥ずかしくなる。

「ボーッとしていた理由は何？」

「……」

恥ずかしくはあったが、しかし恥の上塗《うわぬ》りを回避しようと取り繕うところもまた大人たる所以《ゆえん》である。

「ええっと、――あ、ほら、今度のお遊戯《ゆうぎ》会《かい》のことでね。小野先生といろいろ準備しなくちゃだからそのスケジュールを練ってたんだ。本当だよ？」

「んー？」

あ、信じてないな、この顔は。ジト目を向ける灯衣は、ふて腐れるように体の向きを変え、ローテーブルの上に並べられた打楽器に手を伸ばして滅茶苦茶に振り回す。体全体で不機嫌を表した。――はて。どうしてこんなに怒っているのだろう。

クリスマスも近い十二月のとある週末。師も走る年の暮れ、教育機関に勤める人間はこの時期何かと忙しい。保育園は教育機関ではなく正確には福祉施設に分類される。しかし、だからといってやっていることは幼稚園とさほど変わらないと陽子は実感として思っている。勤務している『のぞみ保育園』の方針がそちらに傾いていることも大いに関係しているのだが、それ故《ゆえ》に日頃から教育になりそうなものは積極的に取り入れていた。

具体例の一つに、子供の興味・関心を養うカリキュラムの一環として時節ごとのイベントを盛り込んでいる。十二月と言えばクリスマスだ。別日になるが、園でクリスマスお遊戯会を催すことが決まっており、それに向けてあれこれ準備で大変なのである。

小野智子先輩と準備に向けてスケジュールを練っていたことは事実だが、今それを考えていたというのはもちろん嘘だ。考えごとは別にあったのだけれど、灯衣に話すには憚《はばか》られる内容だった。

「どうせパパのことでしょう?」

「……」

見透かされている。園児にもバレてしまうほど私の顔は落ち着きがないのか、とかなりへこむ。きっと灯衣のは当てずっぽうだろうけれど、つい最近見生美月さんにからかわれたばかりなので、自分なりに注意していたつもりでいたのだ。

けれど、まあ、仕方がない。原因は夕べ届いたメールにある。

『From. 旅人さん
Sub. (non title)
しばらく事務所を留守に致します。
もしご迷惑でなければ灯衣のこと見ていて頂けませんか?』

なんてメールが来ればいろいろと想像してしまうのも無理からぬことでしょうが。

灯衣がふんと鼻を鳴らして髪を掻き上げた。

「大丈夫よ。パパはきちんとした大人なんだし、数日したらふらっと戻ってくるわ。男の人はね、いつだって冒険したくなるお年頃なのよ」

「って、ユキジ君が言ってたの？」

「……」

唇《くちびる》を尖《とが》らせて渋々と頷く。その様子から全然納得いっていないことがわかる。一言もなく突然いなくなったという話だから、すごく寂しかったのだろう。

いなくなったのは昨日のうちらしい。旅人の部屋にあった大きめの旅行鞄が無くなっていたので、おそらく数日は戻らないつもりだろうというのが雪路の見解だ。書き置きすら残さなかったのに、雪路にもメールで連絡があったそうで、そのことがますます灯衣には面白くなかった。

今朝、陽子の携帯電話に灯衣から電話が掛かってきたときは驚いたが、こうしてお家に招かれたのも寂しさを紛らわしたかったからだろうと理解した。陽子にもメールが来たことは内緒にしておいた方がよさそうである。

というわけで、今度のお遊戯会で披露するベル演奏の練習に付き合う形で灯衣と一緒に過ごすことになり、初めこそまったり友好ムードが漂っていたのだが、

「もういい。わたし一人で練習するわ。陽子先生さようなら」

このように、突如灯衣が怒り出した次第である。そりゃボーッとはしていたけれど、それこそ一分、いや三十秒くらいだと思う。そんなに大袈裟《おおげさ》な地雷《じらい》踏んだかな、と首

を傾げる陽子であった。

　灯衣がおかんむりな理由を解説してくれる声が、すぐ近くから掛かった。

「テイちゃん上達したっすねー。さっきの一番上手くできてたっすよ」

　天井に迫るほどの大男が、ティーセットを載せたトレイを抱えてこちらに微笑みかけていた。スキンヘッド、前歯を欠いた不気味な笑み、熊と見紛《みまが》うほどの巨体——誰あろう亀吉《かめきち》さんである。

　指定暴力団鳥羽組《とばぐみ》の構成員から雪路雅彦の舎弟《しやてい》へと鞍替《くらが》えし、現在は灯衣のお守り役という奇妙な経歴の持ち主だ。見た目が怖いので保育士や保護者からは軒並《のきな》み恐れられているけれども、のぞみ保育園の園児からは妙に懐かれていて、局地的に人気を博している。旅人と雪路が両方とも不在の折はこうして灯衣と一緒に留守番していることが多い。

　亀吉は食卓にお茶とケーキを配膳しながら、何も考えていなさそうな笑みを浮かべている。陽子の分のケーキまであって至れり尽くせりだ。

「自分、聴いたことあるっす。今の歌」

「『キラキラ星』ね。名曲だもんね」

「先生、テイちゃんは演奏をちゃんと聴いてくれなかったから怒ってるんすよ。今度はちゃんと聴いてあげてほしいっす」

「カメーっ⁉」

飛び跳ねて駆け寄り、亀吉に蹴りを入れた。

「変なこと言わないでよ！　そんなんじゃないもん！」

その顔は照れ隠しなのか完全に怒っていて、亀吉が言ったことは案外図星なのかな、と思った。——そうかそうか、それで怒っていたのか。会心の演奏ができたとき観客である陽子が上の空だったから不満に思ったわけだ。ふて腐れているところをもう一人の観客はきちんと聴いてくれていて、それが嬉しいやら悔しいやらでキックになってしまったわけである。子供の扱いにはまだまだ未熟な自分を反省しつつも、ここで陽子が素直に謝ってしまうとますます腹を立てそうなので、心の中でだけ謝っておく。

それはそうと、やっぱり可愛いなー、と思いつつ、普段は本当に猫被ってるんだなーと感心する。

いくら亀吉が優しくても蹴りはない。しかも、あの腰が入った蹴り方からして蹴り慣れているのがわかる。亀吉はお転婆《てんば》な灯衣を抱え上げて「暴れちゃだめっすよー」

食卓の椅子に座らせているが、それも慣れたものだった。

「仲良いんだね、二人とも」

「うっす」

「ハァ!?」

反応が対照的なのももはやコントだ。いいコンビ。

「テイちゃん、ちょっと休憩したら今度は私と一緒に演奏しよ？　本番はみんなでやるし、ベルの数も一人二個までだから、息を合わせる練習ね」

「……んー」

なし崩し的にティータイムに突入する。なんだかいろいろとはぐらかされた灯衣は、ご機嫌斜めな様子で大好物の苺《いちご》のショートケーキを頬張《ほおば》った。陽子の目の前にはモンブランケーキ。亀吉は離れたソファに座り、鷲摑《わしづか》みにしたチーズケーキを二口で平げてしまった。ケーキを買ってきたのは亀吉である。せめて一緒に食卓で食べたらいいのに、そう思ったが、どうやら灯衣に遠慮しているらしい。

なんだか新鮮だ。同じ空間にこの三人しかいないという状況は、もしかしたらこれが初めてかもしれない。でも、全然緊張しない。むしろ心地良い。旅人も雪路も不在なのに、事務所を兼ねたリビングでこうしてくつろいでいるだなんて、改めて考えてみたら不思議なことだ。

馴染んでしまった日常。

まったく同じ一日があり得ないのは、知覚できないほど小さな変化の積み重ねが昨日とは異なる景色をもたらすからである。けれど、偶然が重なって初めて起こる出来事の連続こそが日常であるはずなのに、『日常』という一言はそれでも普遍性、不変性を意識させる。三人で居る空間も、初めてのことなのに、日常という言葉に溶かされる。

ささやかだけど力強い。

それを望む人の集合の上に成り立つ『日常』。力強いのは当たり前、ちょっとやそっとの力では変えられない。それこそ天変地異でも起きなければ誰にとっての日常も壊せやしないのだ。

ありふれていて尊いだなんて、すごい。

陽子は噛み締めるようにして、ティーカップに口を付けた。紅茶はティーバッグを使ったインスタントだ。さすがに雪路のような、茶葉から淹れる本格派を亀吉に求めるのは酷であろう。でも、ゆったりとした時間が流れていてとてもリラックスできた。

視界の端にそれを見つけるまでは。

「……」

「どうしたの？」

正面に座る灯衣が陽子の動揺を見逃さなかった。

「あ、うん、ちょっとね……」

誤魔化さなかったのはそこまで頭が回らなかったからだ。というより、灯衣の言葉すら頭に入って来なかった。視線はそれに釘付けで、次第に鼓動《こどう》が早鐘《はやがね》を打つ。気づいたときにはもうそれを素早く摑み取っていた。

「陽子先生？」

灯衣にはお手洗いだと断ってリビングを出て、携帯電話を取り出した。

旅人が急にいなくなった理由がそれにあると気がついたのだ。

陽子の手には美月が残していった名刺があった。これがテーブルの上にあったということは、失踪する直前まで旅人が見ていたということに他ならず。

ならば、失踪の原因はここにある。

美月の携帯番号にコールする。

通話状態に変わり、『はい。もしもし、見生です』可憐で明るい声が耳元で響いた。

灯衣の練習にしばらく付き合い、頃合いを見て事務所を出た。灯衣にはしばらくしたらまた戻ると言い置いたが、恨めしげな顔で見送られた。亀吉と二人きりがよっぽど嫌なのか、陽子がいなくて寂しいのか、微妙なところ。……ん？　もしかして、亀吉と二人きりが嫌だから陽子に電話を掛けてきたのか？　別に陽子でなくても良かったのかもしれないと考えて、陽子はがっくりと肩を落とした。

*

待ち合わせの場所に指定されたのは駅構内にある喫茶店《きっさてん》だった。

約束の時間よりも早めに到着したのに、中にはすでに美月がいた。

「やっほー。陽子ちゃん、ひっさしぶりー」

「どうも。すみません、突然お呼び立てして」

「気にしなくていいよー。偶々近所に居て、ちょうど暇を持て余していたのよ。あ、何か食べる？　私は先に頂いちゃっているけど」

テーブルの上にはクラブサンドとコーヒーのセットが並んでいた。陽子はすでに事務所でケーキを食べていたので、コーヒーだけを注文した。

対面して座り、改めて美月を見遣る。ベージュの柔らかなニットに三日月型のネックレスが揺れる。落ち着いた雰囲気なのにどこかあどけなさを漂わせていて、端正な顔つきが相俟《あいま》って色気さえ醸《かも》し出す。完璧《かんぺき》なようでいて隙があり、けれどガードの固さも窺える。なんだろう、見るたびに印象が違ってくるというか、見方によって魅力となるポイントが変わるというか。不思議な女性。

午後三時を回っているのに、結構なボリュームのクラブサンドをぺろりと平らげた。訊くと、朝も昼もちゃんと食事を取ったと言い、これは単なるおやつだそうだ。これだけ食べてそのスタイルはずるいと思う。

「そんなに見つめられると穴空いちゃいそう」

「あ、ごめんなさい」

見惚れている場合じゃなかった。美月はくすりと笑い、デザートのケーキを追加注文すると、テーブルに肘《ひじ》を突いて陽子を見た。

「なんだかいいね。友達とこういうトコ来るの久しぶり。ね、陽子ちゃんは休日とか何してるの？」

「え？　えっと、……か、買い物とか」

そういえば、休日はいつも旅人の事務所に押しかけているような気がする。なんとなくそれを口にするのは憚られた。

「旅ちゃんと？」

「え⁉　いえいえ、一人だったり友達とだったり先輩とだったり！」

「照れなくてもいいのにー」

くすくすと楽しげに笑う。からかわれているのはわかるが、棘《とげ》がない。やっかみや嫉妬、あるいは探りを入れてきている感じではなかった。単純に陽子の反応を楽しんでいた。

「なんだか安心したんだよねー。旅ちゃんと親しくしてくれる人が居てくれて」

「……」

中学生の頃の旅人しか知らない美月からすれば、旅人が今いる環境は喜ばしいものであるらしい。それくらい当時の旅人は人に心を開かなかった。それは前回美月と会ったとき、会話の節々からわずかだが伝わった。

「旅ちゃんのことで話があるんでしょ？　いいわよ、何だって答えちゃう」

呼び出された理由を察していたようだ。二人に共通する知人が旅人だけなのだから当然と言えば当然だが。

陽子は切り出した。

「旅人さんが昨日からどこかへ出掛けていて。美月さんなら知っているんじゃないかと思ったんです」

「……どうして？」

「美月さんの名刺が目立つ場所に置いてあったから、それで」

連絡を取り合ったんじゃないかって――、そう続けようとしたら首を振られた。

「ううん。違うの。そうじゃなくて。――どうして、そんなこと気にするのかなって。大の大人が一日姿を見せなかっただけでしょう？　別に心配することでもないんじゃない？　今日か明日にでも帰ってくると思うし」

「じゃあやっぱり知っているんですね？」

「まね。私が教えたもん」

陽子は一呼吸置いて心を落ち着けた。

美月の言うことは間違っていない。確かに旅人の動向を気にしすぎているきらいはある。でも、そうするに足る理由もまたあるのだ。

ずっと心に引っ掛かっていた。

あの日、見生美月と再会したときの旅人はどこかおかしかったのだ。旧友との思いがけない再会に戸惑っていたというのもあったのだろうけど、様子がおかしくなったのは中学校時代に写した写真を見てからだ。

いや、正確には美月の一言がきっかけだった。名前は忘れたけれど、知り合いの誰かがもう長くない、みたいなことを口にしていた。長くない——、それってつまり、死期が近いってことを意味するはずで。

「旅人さんにとって大切な人がご病気なんですか？」

だから取り乱したとすれば合点《がてん》がいく。

「ああ、そういえば、前にちらっと言っちゃったもんね。それを気にしてたんだ。そっかー、どう言えばいいのかな。私にとっても恩師に当たる先生なんだけどね。旅ちゃんにとってはたぶんそれ以上の人、かもしれない」

「写真に写っていた人？」

「うん。あのヒゲモジャの人ね。……ちょっと前から重い病気に罹って、今入院しているの。余命宣告されてしまうほど、今、危険な状態なんだって」

「余命……宣告……」

直に聞くのは初めてだった。そこにくるまれた緊急性にいやが上にも焦燥感が募る。

旅人はその人に会いに行った。入院先を美月から聞き出して、昨日のうちに飛び出したのだ。

「先生ってね、私が卒業してからも旅ちゃんのコト訊いてくるの。あいつから連絡来ないのかとか、元気でやっているだろうかとか。たぶん当時一番仲が良かった、というか、話し掛けていたのが私だったから、頼りにされちゃって」

「旅人さんの事務所を突き止めたのも？」

先生の頼みを聞いたから？　しかし、美月は慌てて手を振った。

「ううん、それは偶々。本当に偶然。一年くらい前にここのお隣の町に引っ越してきて、旅ちゃんの評判をちらっと耳にしたの。まさか同一人物だとは思わなかったけど、日暮旅人なんて名前珍しいし。本物だったからやっぱり吃驚したわ」

ウェイターがケーキセットを運んできたので、会話が途切れた。

美月がケーキを口に運び始めてから、陽子は先ほどの質問に答えた。

「どうしてそこまで気にするのかって訊きましたよね？　私もどうかと思うんですけど、でも、やっぱり不安なんです」

「何が？」

「ある日突然いなくなってしまうんじゃないかって」

「えー、そんな大袈裟な」

美月はそう言って笑うが、決して大袈裟なんかじゃない。

半年前まで両親の復讐のために自殺まで考えていた人だ、心変わりがあったみたいだけれど、それでもいつ姿を消してしまうかわからない。

今回の失踪がただのお見舞いならいい、けれどももし旅人が大切な人を失ったことで自暴自棄に陥っていたとしたらまた自殺を図ろうとするのではないか、そう思うと気が気じゃなかった。

旅人はどこへ行き、何をしようとしているのか。ちゃんと戻ってきてくれるのか。名刺を見つけた瞬間に様々な不安が押し寄せてきて、もう居ても立ってもいられなくなって美月に連絡したのである。

「旅人さんって、消え入りそうなくらい存在感が無かったんです」

出会った当初からずっと感じていたことだ。

いつ消えてもいいように準備をしていたというのもあるだろう。最近は少しずつそれらも改善されてきたが、予断は許されない。きっかけさえあれば人はいくらでも変われるし、戻れるのだから。

「今回のことで何か心変わりとかあったらと思うと、不安になってしまって」

旅人の中学時代を知っていても、誘拐事件や両親の殺害事件を知らない美月には陽子の不安は伝わらないはずだ。

案の定、美月は困ったように苦笑している。

「消え入りそうって、旅ちゃんが？　なんか想像付かないわね」

「そうなんですか？」

「そうなんですよ。だって、昔の旅ちゃんてツンツンギラギラしてて、消え入りそうって感じじゃなかったもん。むしろ構ってくださいって餌を求めるワンちゃんみたいな子だった。しぶとそうっていうか。どこに行っても生きていけるようなね、そんな強さがあった。後ろ向きではあったけど、確かな存在感が彼にはあったの」

遠く目を向けたその先には、陽子の知らない旅人がいた。

それ誰？　まるで別人。美月の語る旅人と陽子が知っている旅人が食い違う。

「大丈夫、大丈夫。そりゃ、長いこと会ってなかったから今の旅ちゃんがどんななのか詳しくわかんないけど、でも人の根本的なところってそうそう変わらないものだから。何食わぬ顔して帰ってくるってば」

「……はあ」

そういうものだろうか。陽子が考えすぎているだけなのだろうか。そういえば、雪路も灯衣も出て行ったきり帰ってこないのではと不安がっている様子はなかった。

「心配ないってば。たとえその先生が亡くなったとしてもさ、それで旅ちゃんがどうにかなるとは思えないの。だって先生、ずっと旅ちゃんの行方を捜してたし、旅ちゃんだって私に言われるまで先生の病気のこと知らなかったみたいだしね。先生が旅ちゃんの中で大きなウェイトを占めてたとは思えないわ」

それはそうかもしれない。

では、様子がおかしいと思ったのは陽子の勘違いだったのか。

大切な何かを見落としている気がするのだが、しかし美月の指摘はその通りで、しかも力強くもあったので、自分が考えすぎているだけなのではと思ってしまう。

駄目、駄目。誰にどんなこと言われたってこの不安は絶対に取り除けない。

欲しいのは、彼からの言葉だ。

「……ちょっとメールしてみます」

「旅ちゃんに？」

頷く。メールはこれまで返信はしてもこちらから用件を言ったことはなかった。旅人が返信してくれるかどうか自信が無かったのだ。

散々悩んだ挙げ句、出来上がってみればとても短い文面だった。

——怖いけど……、でも、どうか旅人さんが返信してきますように……！

緊張気味に送信ボタンを押す陽子を、美月は温かく見守っていた。

たかがメールを送るだけなのに、こんなに緊張するなんて。

――陽子ちゃんってば、旅ちゃんに恋しちゃってるんだねー。

美月は頬杖を突きつつ羨ましげに陽子を見守り、頭の片隅では旅人のことを思った。今頃旅人はカイセンに会っていることだろう。いろいろとお膳立《ぜんだ》てを企てた美月としては、無事再会を果たしていることを祈るばかりである。

――それにしても、消え入りそうな旅ちゃん、か。

実のところ、陽子の言葉に動揺していた。身に覚えがあったからだ。昔の旅人は捻くれていて強烈な存在感を放っていたのは事実だけれども、一度だけ、本当に消え入りそうなほど透明に透き通って見えた瞬間があったのだ。

――あれってちょうど今ぐらいの時期だよね。

美月は記憶を探った。あれは確か十年前の秋から冬にかけてのこと。

旅人と美月、そして甲斐義秀が関わったとある事件でのことである。

＊　＊　＊

用件があるときは何かと美術準備室に呼び出す癖がある。伝言や注意くらいなら教室に出向いて済ませればいいのに、わざわざ美術準備室まで生徒に足を運ばせる。ついでに道具の整理を手伝わされるとわかっているから、生徒たちには不評な制度だった。

「――はあ？　ちょっと待ってよ、カイセン。なんで私がそんなこと」

見生美月は片眉を吊り上げて胡散臭そうに振り返る。せっかくの昼休みに呼び出されて、ついでのように美術資料を運ばされているので虫の居所が悪かった。普段から品行方正を心掛けており、甲斐あって教師からの受けもよい美月であるが、ぞんざいな扱いをされると教師相手であろうともつい地が出てしまう。

険のある声には苦笑で返された。

「そんなにカッカしなさんな。あとで饅頭《まんじゅう》やるから。な？」

「饅頭一つで機嫌取れると思われていること自体腹立たしいんですが」

「じゃあ、二つだ。まったく欲張りだな」

「そういうのもさー」

はぐらかしたいのが見え見えで、思わず脱力してしまう。理由をうやむやにしたいのならもっと上手くやってほしい。どうしてこちらが気を遣わなければならないんだ、と美月は呆れ果てる。

「頼むよ。見生にしか頼めないんだ。なあ、生徒会長様」

「こういうときに役職名を使うのは反則だと思うんだけどね。――もう、仕方ないなあ。『豊一《とよいち》』のラーメンで手を打ちますか」

「饅頭三つだ。貰いもんでいっぱいあるんだ」

「なら全部寄越せ」

　面倒事を押し付けておいてセコイこと抜かすな。

　手伝いを終えて、美月は最後に頼まれ事の内容をおさらいした。

「じゃあ、放課後にでもその二年生に話し掛けてきます。学校の案内と、それとなく本音を暴いて挑発して心を折らせればいいんですね？」

「嫌な言い方するなー。いやまあ、そうなんだが」

「えっと、『日暮旅人』君だったよね、名前」

「お？　知ってたのか？」

「そりゃまあ、……先生の親戚って話ですし」

「俺、そんなことまで話したっけ？　話したか」

「今は一つ屋根の下で一緒に暮らしているんですよね。身内びいきで過保護とか、先生なら学校に持ち込むべき事情ではないと思うんですけどー」

「そこまでわかってんなら話は早い。これは教師として頼むんだ。あいつと仲良くしてやってくれ。転校してきたばかりで友達がいないんだよ」

美術室を後にするとき、包みに入った饅頭を一つ投げて寄越された。なんだか釈然としないものを感じてジト目を向けると、髭面はニカッと破顔一笑《はがんいっしょう》で応える。——あ、これで私は買収されたわけか。やっすいなー。そしてカイセンは、この饅頭一個でいつまでも恩に着せてくるのだ。こちらが恩と思わなければ、無いも同じなのだが。とはいえ、たとえ饅頭一個でも、仕方ない、頼み事くらい聞いてあげよっかな、なんて考えてしまうのだから、やはりカイセンの人徳は侮れない。お調子者のくせして頑固一徹《がんこいってつ》、そして憎めない——。それが甲斐義秀先生に対する美月の評価であった。

＊

甲斐義秀の元に日暮旅人の里親の話が来たのは八月のお盆の頃だった。先祖の墓参りで伯父（旅人の祖父に当たる）に会い、話を持ちかけられた。

義秀と旅人の父・日暮英一は、従兄弟同士で年も近かったせいか、仲が良かった。

生まれたばかりの旅人を抱かせてもらったこともある。親になることへの憧れを抱いた瞬間であったが、特に縁も無く四十を迎えた現在まで独身である。正月に顔を合わせるたびに旅人のような息子が欲しいと思ったもので、心情として里親の話を断る理由は一つもなかった。

英一が事故死したと聞いたとき、真っ先に不憫《ふびん》に思ったのは旅人のことだ。母親を同時に失った旅人には扶養《ふよう》してくれる家族がいなかった。親族はそれぞれの家庭の事情から引き取りに難色を示し、里親を一定期間ずつ持ち回りで交代することで話が着いた。

義秀は初めから里親を引き受けてもいいと思っていたが、一緒に暮らしている実母に強く反対された。子育てまで背負わされたらますます婚期が遠退くと言われ、母を安心させるためにも旅人の引き取りを断念してきたのだった。

しかし、旅人ももう中学二年生。手の掛かる時期はとうに過ぎている。勤務している学校に通わせるつもりでいたから大した負担にはならないはずだ。そう母を説得し、ようやく里親を引き受けることになった。

話を貰ってから二ヶ月あまりが経過した十月の半ば。

旅人がついに甲斐家にやって来た。

「父は三年前に他界して、今は母と俺の二人暮らしだ。部屋は余っているから好きに使ってくれ。遠慮することはない。我が家と思ってくつろいでくれな」

旅人からの返事はなかった。俯いたままわずかに頭を揺り動かして挨拶とした。

しばらくぶりに見た旅人は、英一に面影が似ていた。母親似ではない。幼い頃の英一と瓜《うり》二つだ。浮かべている表情こそ見覚えなかったが、間違いなく英一の生き写しである。ここで英一と呼べば、どう反応するだろう。いや、それはちょっと不謹慎《ふきんしん》かもしれない。喜んでいるのは、舞い上がっているのは、自分だけだ。自重しよう。

部屋へと案内し、夕食の席で母に紹介しても、旅人は俯けた顔を上げようとはしなかった。ささやかではあったが引越しが一段落着いたので、疲れが出たのだろうか。

そう思っていたら、ただ一言だけぼそりと呟いた。

「僕を引き取ってくださって本当にありがとうございます。決してご迷惑をお掛けしませんので、しばらくの間お世話になります。どうかよろしくお願い致します」

言い慣れたみたいな、堅苦しい定型文。

敵意とまではいかずとも、どこか警戒するような視線を投げつけてきた。

他人行儀になるのは仕方がない。英一が他界してからはほとんど顔を合わせることがなかった。知らない家にやって来て、置いてもらう負い目を感じるのも無理からぬことと理解もできたが、しかしそれだけではない何かも感じ取っていた。親族中をたらい回しにされている事実。いくら子供一人を養うのが大変だからと言っても、そうホイホイと受け渡しが簡単に行くものではないはずだ。義務教育の最中、転校の手続き一つ取っても面倒なのに、どうしてこうも住まいを転々としているのだろう。

自分の親族はそこまで薄情な連中だろうか。

正月や盆に顔を合わせる彼らは、それほど交流がないとはいえ、皆が皆性格が破綻《はたん》していたり、虐待《ぎやくたい》や暴力を振るったりする人でなしではなかったはずだ。

いくらなんでもおかしい。旅人を置いておけない理由はどこにある。

食事を終え、旅人が部屋に引き下がった後、食器を片付けながら母は言う。

「義秀、私はあの子が怖い。見ていて寒気がするよ」

「……」

一挙手一投足が不気味だと声を震わせた。これこそが親戚連中が旅人を受け入れられない理由の全貌《ぜんぼう》なのかもしれないと、義秀はこのとき漠然と悟った。

旅人にはおかしな言動が多く目に付いた。引け目な態度は様々な家庭を転々としてきたせいで身についたものだろうが、それ以外にも不自然な行動を起こすことがある。

翌日、転校の手続きのために学校に連れて行ったときもそれは起こった。旅人は職員室と廊下を隔てる窓ガラスをじっと眺めて立ち止まっていた。

「どうかしたか？」

しばらく窓ガラスを凝視した。曇りガラスで中の様子は見えない。あまりにも真剣な顔つきに戸惑う。どこかおかしな部分でもあるのだろうかと注視してみたが、義秀にはわからなかった。

旅人は軽く首を振り、

「いえ、防犯意識が低いようなので気になって。窓を取り替えた方がいいですよ」

それだけを口にしてさっさと歩き出す。その背中を追いながら、どうも扱いづらいな、と思った。義秀が抱いた感想はその程度のものだった。

明日以降、学校に通い始めたら友達をきちんと作れるだろうか。少し心配になる。ちょうど中間考査と被さっていたので、旅人の転入は試験後まで延期された。

中間考査終了後、旅人の転入は、学校という閉じられた空間の中ではそこそこの刺激となって生徒たちを色めき立たせた。特に一部女子からは、身長が低く華奢《きゃしゃ》で細い体つきだが、端正な顔立ちをしていたために好意を寄せられた。

「ねえ日暮君、私たちが校内を案内してあげよっか?」

「……」

休み時間になり席に着いていると、クラスの女子に囲まれた。どこから来たのか、どんな事情で転校してきたのか、部活には入るのか、どんな趣味を持ちどのようなことに関心があるのか、聞きたがった。

群れて一人を囲む彼女らに悪気はない。厚意と好意がない交ぜになっていただけで、一部男子に妬《ねた》まれたとしても、そこに非のある人間はいなかった。

恨まれたとしたならば、やはりこの一言がきっかけだった。

「うるさいな」

ぼそりと口にしたその一言に周囲は凍り付く。思っていたよりも太い、声変わりしたその声が、初め旅人から発せられたものだとは誰も気づかなかった。

しかし、次いで正面を見上げた旅人の目が敵意を帯びて鋭く吊りあがっているのに気づくと、囲んでいた女子たちは一斉に一歩後退した。思春期特有の自意識過剰な振る舞いなどではなく、心底から鬱陶しがっている人間の素顔なのだと本能的に悟った。

正面にいた気弱な女子は目に涙を浮かべ、それが遠目から見ていた男子たちの反感を買った。

それでも、何かの間違いだろうと再度挑戦した女子も少なからずいたが、ほとんどが手痛く断られ泣きを見ることになる。暴力的な拒絶反応。その目に睨まれると、自分さえ気づかなかった下心や偽善を咎められた気がしてひどく傷ついた。

問題児のレッテルが程なくして貼られた。生徒だけでなく教師からも遠巻きに見られるようになり。

中間考査が終わって十日経つ頃にはもう、旅人に話し掛けようとする人間はクラスの内外問わず一人もいなくなっていた。

生徒会長を除いては。

「先生、どうして旅ちゃんってあんなに歪んでんの？」

放課後の美術室では美術部の活動が始まっていた。唯一の部員である美月が、美術とは全然関係のない工作をしている最中に、訊いてきた。

「対人恐怖症とか何とかいろいろあるけれど、あれちょっと違うよね。人間不信の割には積極性もあって攻撃的だし。余裕なさそうに見えてわざとらしいっていうか」

「……難しいこと言うなあ」

美月には旅人の性格を分析、把握ができているようだ。反対に義秀はからっきしで、教育者としての自信が揺らぐばかりだ。そもそも親になったつもりで旅人と接しようとしていたのが間違いなのかもしれない。

――俺はあいつの実の親じゃない。

この二週間、浮かれ過ぎていて見誤っていた。旅人の荒《すさ》んだ生活態度は美月や担任の教師から聞かされて初めて知ったことだ。こんなに恥ずべきことはない。

「俺はあいつとどう向き合っていけばいいんだろうか。あいつが抱えている不安やら悩みはどうやったら聞きだせる？　どうやって心を開かせてやれる？」

「難しいこと訊きますねー」

「やはり子を持ってみないことには子供のことなんてわからんのかもしれん」

無能を棚上げする。教育の仕方なんて、大人と子供の数を掛け合わせた分だけ存在する。正解は無数にあるのだろうが、義秀と旅人のケースは当事者同士でしか答えを導き出せないのだ。

独身だからといって教育を放棄していたんじゃ教師は失格だ、初心に立ち返って一生徒と向き合うつもりで意識を切り替えてみよう。

――俺は教師なんだから。

「あいつをうまく扱えるのは今のところ見生くらいのもんだな」

聞けば、休み時間や放課後に付きまとっては嫌がられているらしい。嫌がられている、つまり感情的に向き合えていた。たとえ負の感情であっても意識し合えているのなら、遠巻きに見ている連中よりもまともな人間関係だ。

どんなに拒絶されてもめげない強靭《きょうじん》な心と押しの強さが美月にはある。ともすれば短所とも捉えられかねない特徴だが、彼女を生徒会長へと押し上げるくらいには本物だ。旅人の方も苦労しているに違いない。

「旅人と上手く付き合えるコツがあれば教えてくれ。──あ、そうか。そういえば、おまえたち、似た者同士だな」

どこがどうというわけではなく、なんとなく思いつきで言ってみた。すると、美月も自覚があったのか「うぇ」と思いっきり嫌そうな顔をした。義秀は最初から直感的に気づいていたようだ。

「だから私に白羽《しらは》の矢を立てたわけですか。無自覚で私を指名するなんて、カイセンってば見る目があるんだか無いんだか」

いや、無いな、とばっさり否定する。……別にいいんだが、仮にも教師である本人を前にしてぶっちゃけなくてもよかろうに。

とはいえ、実際、旅人とはなんだかんだと上手く付き合えているのだから間違った人選ではなかった。美月の旅人に対する所感はきっと当てになるはずだ。

「早いうちに両親を亡くして、親戚中をたらい回しにされたからな。多少歪むのも仕方がないのかもしれん」

「そうかしら。あれはそんな真っ当な歪み方じゃないわ。環境は単なる上乗せ、根っこの部分に別の何かがあるような気がする」

「何だそれは」

美月の台詞はいまいち要領を得ない。首を傾げていると、美月は「これ？」と作業台の上に視線を戻した。義秀の「それ」を取り違えたらしく、律儀に答える。

「旅ちゃん用対策グッズ。これはビックリ箱を作ってんの」

白いアクリル板の箱である。募金箱などに使うようなやつだ。しかも、かなり大きい。その隣には接着剤や風船、塗装ペンキなど材料が様々置いてある。一体どんな仕掛けを作るつもりなんだろうか。

美月は作業を再開する。アクリル板の箱の内側に寸法を測って線を引いていた。

「お喋りしましょ、って誘ったって乗ってこないんだから。どうせならとことん怒らせてやろうかなって」

「おいおい」

「お互いを知り合わないうちから避けられるのって嫌じゃないですか。徹底的に嫌われた方が私としてはスッキリするし、たぶん旅ちゃんにも効果あると思うんだ」

「ますます頑なになりそうなんだが」

「それならそれでいいと思いますよ。本人に自己嫌悪を持たせるまで拗ねさせてやればきっとどっかで折れるでしょ。ああ見えて本当は構って君なんだから」

「ふうむ」

言い切る美月がいやに頼もしく見える。似た者同士だからこそ通ずるところがあるのだろう、美月はやけに自信ありげだった。

「んじゃ、まあ、任せた」

なるようにしかならん。きっと旅人の警戒を解きほぐせるのは同年代の方が向いている。美月への信頼も乗った一言に、美月はくすりと微笑んだ。

「先生のそういうさっぱりしたところ、私好きだよ」

さっぱりというかあまり物を考えていないのかもしれない。こういう性格だからお気楽に婚期を逃してきたのだと思う。——と、他人事のように考えているから駄目なんだろうな、うん。

「旅ちゃんとお家で何か話したりしないんですか？」

「話そうとしても会話がぶつ切りになってしまうんだ。あいつ、イエスかノーかでしか答えないし、ずっと他人行儀なままだ」

「引っ越してくる前のご家庭で何かあったのかも。けど、反抗期の男の子ってそんなもんじゃないですか？　まあ、長い目で見てあげましょうよ、お父さん」

お父さん、ね。世の父親たちも思春期の息子にこういう風に振り回されているのだろうか。ふと思いつく。教師として接しようと決めたばかりだが、一度くらい直截《ちょくせつ》な感じで父親っぽく振る舞ってみるのもアリなような気がする。

その日の晩、旅人に「背中を流してくれ」と風呂《ふろ》に誘ったら、怪訝な顔をして断られた。この提案は少し急ぎすぎたようだ。

＊

旅人を追い回すのがそろそろ日課になりつつあった。

「……いい加減にしてください」

今日も今日とてお昼休みに参上した美月を、旅人は眉間《みけん》に皺《しわ》を寄せて見つめた。睨んでいるのではなく、奇妙なものを見るかのような奇異の目線である。

「あはは」

感情が見て取れた。

「つれないなあ。休み時間も放課後も、誰よりも長く一緒にいるのよ、私たち」

旅人は美月を振り切ろうと歩くペースを速めた。

「僕を含めないでください。貴女が勝手に付き纏ってきているだけでしょう。……なんだってこんなにしつこいんだ」

「言ったでしょう？　君の怒った顔や笑った顔が見たいんだって」

昨日の放課後、早速作った風船入りのビックリ箱を試してみたらあっさり中身を言い当てられた。そのときの旅人は、まあ、呆れ返ってはいたがそれはそれで角が取れていた印象があった。ちょっとだけ仲良くなれているのかも。

それに、旅人の秘密を聞き出せた。目が特殊だとか、五感を喪失《そうしつ》しているとかいう話だったっけ。自己申告だし、正直信じ難い話ではあったけど、旅人の歪みの根っこを垣間見れた気がするのだ。

行くところまで行って旅人を骨抜きにするのも悪くない。

「あんまりしつこいようですと実力行使に出ますよ」

「へー。何されちゃうんだろ。お姉さんドキドキだ」

校舎の裏口へと続く廊下に人の気配はない。前には旅人の背中が一つだけ、美月の背後には誰もいない。リノリウムの床を擦る足音はたったの二人分。

さりげなく、旅人の肩に手を触れようとした。

「!?」

触れるより先に旅人が振り返り、美月の両手を摑んで壁に押し付けた。背はわずかに美月の方が高いとはいえ、顔の位置も目線の高さもほぼ変わらない。鼻と鼻が触れそうなほど密着した二人は、互いに怯《ひる》まず、どちらとも合わせた目線を逸らさない。

傍目には抱き合っているようにさえ見えた。

「……で、どうするの？　チューとかしちゃう？」

「ふざけるな。もう僕に構うな。わかっているんだ、貴女はただ面白がっているだけ。僕の気持ちなんて一切配慮していない。ただのワガママな女だ」

「うん。だけど、旅ちゃんも楽しんでいるでしょ？」

「楽しいもんか。僕は相手が何を考えているか手に取るようにわかるんだ。この目で視ていれば、わかる。いつもいつも、みんな、口先だけで本音は僕を疎《うと》んでいる。気味悪がっている。もうこりごりなんだ」

「いや、それは君の態度に問題があるんじゃ……」

「いずれ離れていくのなら初めから仲良くならない方がいい。想像してみなよ。仲が良いと思っていた人が、ある日突然、何の前触れもなく悪意を向けてくるんだ。本人は無意識だったのかもしれないけど、僕はそんなほんの些細な心の機微さえも見逃さない。表向きは仲良く振る舞っていても本音は違うとわかってしまう。そんな人と、そんな人たちとずっと同じ空間で生きていく辛さをおまえなんかにわかるものか……っ!?」

初めから悪感情だけを向けられていれば、それ以上傷つくことはない。

誰にだって、たとえどんなに好きな相手にも嫌いな部分が一つはあるものだ。その悪感情の細かな一つ一つを読み取るたびに傷ついていたのでは人付き合いなど到底できない。

日暮旅人が抱える心の闇《やみ》は、呆れるくらいに複雑だった。

「自意識過剰だよ、それ」

「僕だってそう思っている。でも、視えている以上気になるし、辛いんだ」

美月にはわからない。ミエテイル、と連呼されても、それこそ自意識過剰が生み出した幻覚なのでは、と思うのだが。それとも、過去に手痛く裏切られた経験があるのかしら。そのトラウマが、他人の関係ない行為すら自分を貶《おとし》めるものだと勘違いを引き起こしているのだとしたら。

なおさら矯正する必要性を感じた。

「みんな、みんな、嘘吐きだ」

嘘吐き、ね。

旅人の手を緩やかに解くと、一歩接近し、胸を押し付け、頬と頬をくっつけた。

「ねえ、旅ちゃん。——日暮旅人君」

耳元で囁く。

「なら、私は本音で話してあげる。私、旅ちゃんのことが好きだよ。お友達としてね。すっごく弄り甲斐があるし、見ていて飽きないし。面白い子だなあって思ってる。あーけど、面倒だなって気持ちもあるよ。だって会話にならないし。旅ちゃんから心を開いてくれると、私はもっと君のことを好きになる。本気でそう思っている」

「……」

「もっと触れ合って、気持ちよくなって、そうやって仲良くなりましょう。君とならそれも楽しいかもしれない」

艶《つや》のある声。耳たぶを噛むように、美月は息を吹きかける。中学生男子には刺激が強いか、と半ば反応が怖い美月であったが。

旅人は身動ぎすらしない。それどころか、背中に回した腕をがっちりと摑まれた。

「こういうことをするから、信用できないんだ」

美月の手首がぽろりと床に落ちた。「あちゃ」ぺろりと舌を出す美月の右手は、制服の裾の奥で折り畳《たた》まれている。

床に転がっているのは妙にリアルな右手首の模型だった。ゴミ捨て場で拾ったマネキンの腕を、美月が修復して塗装し直したのだ。旅人が拾い持ち上げてみると、ぬちゃあと粘着材が床に糸を引いた。

最初に接近したときに肩に乗せるつもりでいた。壁に押し付けられて、それでも背中にくっ付ける隙を窺った。旅人にはすべてお見通しだったらしい。

「どう？　ひび割れなんかも巧《うま》く隠せているでしょ？　これが美術部の力よ！」

「……暇な部活なんですね」

「何を他人事のように。君も部員なんだよ？　入部届けは私が出しといたから」

「……」

もはや言葉を交わすのも馬鹿らしくなったようだ。旅人は踵を返してさらに廊下の奥へと進む。美月は美月で全然懲《こ》りた様子がなく、旅人の背中を追いかけた。

もしも旅人が言っていたように、他人の悪感情が見えていて、その上で美月が付き纏える隙を作っているのだとしたら、心底から人間嫌いというわけでは、やはりないのだ。

少なくとも美月の接近だけは許してくれている。

ただ、なんとなく、それが嬉しい。——おや？　今、何を思った、私？

この学校の校舎は全体的に古い。築年数は半世紀を軽く越える。外観は大昔からある学校というイメージだけれど、改築と改装は何度となく行われたらしい。校舎自体は鉄筋コンクリートで囲ってあるのだが、窓枠や壁の一部はいまだに木材のままだ。窓や扉を開閉するたびにギギギと音が鳴る。正直、貧乏臭かった。

そんな旧来の学校には、今でこそ使用禁止となっているモノが依然として存在する。廊下の突き当たりにある非常口から外に出ると、焼却炉がすぐ目の前に現れる。

立ち尽くす旅人に、美月が案内の口上を述べた。

「こちら校舎裏でございます。日当たりは悪く、地面は荒れ放題、じめじめした空気に生徒はおろか用務員さんも近づかない我が校の魔境の一つでございます。——こんなトコに何の用なの？」

「……」

「無視しないでくれなーい？　ん？　焼却炉が気になるの？　もう使ってないよ。ていうか、使ったところなんて見たことない。あれって全国的に使用禁止になったんじゃなかったっけ？　大昔に」

ふと思い出す。こういう古びたモノには曰くの一つや二つはあるものだ。

「ちょっと前に女子の間で流行ったんだ。焼却炉に要らないモノを入れておくと次の日には無くなっているっていう怪談。燃やしたわけじゃないの、例えば不燃物を入れたとしても必ず無くなってしまうんだって。で、きっと誰かが持ち去っているんだろうと考えて探ろうとした女の子が、一晩中焼却炉の中に入って犯人を待ち構えていたら、焼却炉内部に突然人の気配がして、背後から突然！　――って、ちょっと待ってよー。オチくらい言わせなさいよ！」

校舎裏は、すぐ傍に迫る雑木林とフェンスに囲まれていて、さほど広くない。左右に校舎伝いに歩いていけば校門側のグラウンドへと繋がった。

旅人は最初の角を左に曲がろうとする。美月はその足を止めようと手を伸ばす。

「旅ちゃん、待って。そっちは……」

小声での制止は、しかし、旅人には届かなかった。

慌てて角を曲がって旅人の背中に追いつくと、美月は予想通りの展開に嘆息《たんそく》した。

「……何、こいつ？」

「あ、転校生じゃん。そんで生徒会長もいる」

「一年？　二年？　見たことねえわ」

いかにも柄《がら》の悪そうな生徒たちが六人、思い思いの姿勢で煙草《たばこ》を吹かしていた。

ここの通路の壁に窓は一切無く、もちろん人気も無いので、不良たちの溜まり場には打って付けだった。善良な一般生徒は皆知っており、危うきに近寄らずを徹底した結果このようなはぐれ者の無法地帯が成立した。

教師からは半ば黙認されていて、毎年こういった手合いは必ず入学し、じきに騒ぎを起こすとわかっており、問題が起こったそのとき処罰すればいいと初めから諦められていた。言って聞くようならそもそも不良になどなっていないし、問題を起こす前に生活態度から指導をしていたら保護者から苦情が届く場合もあるので、学校側は放置を決め込むしかなかった。

転校生や新入生の新参者には、何を置いてもまずこのことだけは知らせておかなければならなかった。美月はどうやってこの場を切り抜けようかと頭をフル回転させる。が、旅人はすでに絡まれ始めていた。

「こいつ、日暮ってんだよ。前に話したろ？　二年に転校してきた奴」

そう言ったのは、赤い髪をした目付きの悪い少年――多田浩平《ただこうへい》である。有名人だ。

彼の悪行は数え上げれば切りがない。

校内では比較的大人しいが、放課後は娯楽施設に出入りしては他校の生徒と喧嘩《けんか》に明け暮れる生活を送っているという。――窃盗《せっとう》、恐喝《きょうかつ》、傷害、等等。警察に捕まっていないだけで普通に犯罪者レベルの悪行をこなしていた。喧嘩相手を容赦なく金属バットで殴り倒して病院送りにしたのも有名な話。地元のヤクザから目を掛けられているという噂もあって、同年代の若者のほとんどが彼に逆らえず、一目《いちもく》を置いていた。

札付《ふだつ》きの悪とは彼のことを言う。

そして、旅人と同じクラスの生徒でもあった。

「何？　何か用？　俺たちと一緒に居ると変に誤解されちまうぜ？　見生先輩も後でそいつに教えてやってよ。ここには近づかない方がいいって」

多田はしっしっと掌を振る仕草をした。台詞からは旅人たちを慮る気配がある。

それは、同校の生徒に仲間意識を持っているためか、それとも揉め事が起きた場合食み出し者が割を食うとわかっているためか、はたまた仁義か、理由はいろいろと想像できるが、何にせよ、多田やその他の不良たちは理不尽に暴れ回ったりはしなかった。

きっと機嫌が良かっただけだろうと美月は思う。虫の居所が悪ければ、たとえ同校の生徒だろうと、性別も学年も関係なく、誰彼構わず絡んでくるのが不良である。旅人がいつもの調子で悪態を吐いてしまえば喧嘩になることは必至だ。

「さ、行きましょう。美術室はあっちだよ」

こういうときは下手に刺激する前に立ち去るに限る。

美月は旅人の袖を引く。しかし、旅人はその場から動こうとしなかった。

真っ直ぐ多田に、──その後ろに、視線を送っている。

「悪いけれど、そこの大杉《おおすぎ》君に用事があって来たんだ」

「っ」

びくりと肩を震わせたのは、旅人と同じく小柄な生徒だった。そのとき美月もようやく彼の存在に気づいた。背中を丸めて、顔を俯けて、申し訳無さそうな表情を浮かべて。よく見れば、屈強そうな不良たちの中にあって一人だけ浮いている、場違いな雰囲気を醸し出していた。……誰がどう見ても不良に絡まれているイジメられっ子である。

多田は大杉を見遣り、旅人に視線を戻す。振り返ったとき、その顔は険悪なものに変わっていた。

「こいつに何の用だ？　あ？」

「僕じゃない。先生が呼んでいるんだ。訳が知りたいなら先生に直接訊けよ」

「ぁあ？」

旅人の言い草が気に食わなかったのか、多田は肩を怒らせて旅人に接近し、首を曲げて下から顔を睨み上げた。美月からは背中しか見えていないが、旅人もまた睨み返しているようだ。

両者の間に張り詰めた空気が漂う。

「……」

「……、──けっ」

最初に視線を逸らしたのは多田だった。つまらなげに舌打ちし、踵を返す。大杉をその場に残して去っていき、取り巻きたちは慌てて多田を追い掛けた。

一気に緊張が解けた。旅人と美月は平然と立っていたが、大杉は膝を着いた。

今にも泣き出しそうな顔で声を震わせる。

「……先生が呼んでるって？」

「嘘だよ。君がこっそり彼らについて行くのを見かけたんだ。君からは煙草の臭いが視えなかったし、友達同士だとも思えなかったから、後を追って来てみたら、案の定だ」

何をされていたのかは知らない。けれど、大杉のこの怯えた態度からして多田たちから恐喝を受けていたことは間違いない。

それにしても意外なのは、

「旅ちゃんたら、他人に興味ない振りして」

人助けだなんて。もっとも根本的な解決にはなっていないので、一過性の気まぐれならばこれ以上の偽善もないけれど。

「別に。……ただ気になったから」

照れ隠し、ではないだろう。その声は少し苛立たしげだった。

「さて。どうしようかしら。こりゃ、生徒会で取り上げるべき懸案かしらね」

こういったイジメは教師に報告したところで解決するものではない。どれだけ教師が目を光らせていても、イジメは教師の目が行き届かない場所と時間に行われる。被害者は仕返しを恐れて告げ口できず、加害者はもちろん白《しら》を切り通す。取り締まろうにも現行犯を捕まえない限り証拠は出てこない。周りの生徒たちもとばっちりを受けたくないがために黙認してしまいがちだ。

イジメは数と無関心の暴力だ。加害者と見て見ぬふりをするその他大勢が一人を徹底的に追い詰める。逆転するには被害者側に味方を増やすしかないが、それが一番難しい。誰だって関わり合いになりたくないのだ、内心ではイジメられている側に肩入れしていても表立って声に出すにはとてつもない勇気が要る。イジメを否《いや》と言える人間が一斉に声を揃えるなんて高確率の奇跡である。

しかし、美月には勝算があった。要は見て見ぬふりをするその他大勢を味方に付ければよいのだ。自慢ではないが、美月には人望がある。友達は多いし教師からの信頼も厚い、なおかつ結構な数の男子生徒から想いを寄せられている（その自覚はあったし、実際に告白もされている）。生徒会長として告発すれば大多数の人間が味方になってくれる。非協力的な人間がいたとしても邪魔さえしなければそれでいい。問題を表面化させて、皆で事態解決に向き合えばすぐに状況は変えられるはず。

それに、相手は札付きの悪、対象がわかりやすい記号にある分弾劾《だんがい》はしやすい。いくら腕っ節《ぶし》のある不良でも集団の前では無力に等しい。無数の意思に暴力は通じない。むしろ暴力が仇となる。手も足も、出せなくなる。

注意すべきは美月への逆恨《さかうら》みくらいだけれど、まあ、それくらいなら自力で回避できるだろう。諸々《もろもろ》含めて大いに自信があったのだが。

肝心《かんじん》の大杉本人が及び腰では意味が無い。

「放っておいてよ。そのうち、ひ、日暮君もとばっちりを食うよ。そしたら、どうせ僕のことなんて見捨てるんだ！」

八つ当たりの声は多田に向けられるべき怒りだった。そのことが悔しいやら情けないやらで、ますます大杉の心を惨めにしていく。

まるでいつもの旅人の台詞だった。

旅人は今どう思っているのだろうか。同属嫌悪でも抱いているのかしら。好奇心も手伝って美月はそっと旅人の顔を窺った。

旅人は、怒っていた。

「じゃあ君は闘わないのか？」

淡白な声なのに、鋭利な刃物のような鋭さがあった。大杉は旅人を見上げ、目が合った瞬間、強い感情に気圧されたかのように硬直して目を見開いた。

旅人は膝を折ると、大杉に目線を合わせた。

「なぜ不良たちに狙われるのか。なぜ辛い状況に立たされなくてはならないのか。意味があるはずなんだ。自分の不幸には必ず理由がある。なくてはならない。そういうことを君は考えたことがないのか？」

「……」

息を呑むだけで大杉には答えられない。旅人の言葉が理解できないのだろう、困惑するように眉を顰めた。

「見捨てるだなんて、他力本願な気持ちがあるからこそ出てくる言葉だ。君は現状を自分でどうにかしようとは思わないんだろうね。そこに在る意味を考えず、ここに置かれている価値を見出さず、世界の方がおかしいと子供じみた言い訳をして、何もしない自分を正当化しようとしているんだ。なんて怠惰《たいだ》でひ弱な人間なんだ。イジメられて当然だよ」

「……」

「ちょ、旅ちゃん⁉　それはいくらなんでも」

発破《はっぱ》をかけるにしても、言葉が過ぎやしないか。

それとも、これは旅人の偽らざる本音で、本当に大杉を見限っているのだろうか。苛立たしいと思ったのは多田に対してではなく、言いなりになっている大杉に対してだったようだ。

旅人ならイジメられていることに意味を考えるらしい。

イジメられている意味って何よ？　そんなのイジメっ子たちの憂さ晴らし、暇潰し、娯楽や遊びの延長でしかないんじゃないの？

その立場におかれている価値って何よ？　イジメっ子たちからすれば誰でもよかっ

たのに、選ばれたのが自分だなんて理不尽すぎる。誰しもがそう思うだろう、価値なんてものは虐《いじ》める側が一方的に付与したものでしかない。

　大杉は泣き面から憤怒の表情に変わっていく。頭で理解しなくても、感情が旅人の発言を許さない。

「偉《えら》そうなこと言うなよな！　何だよ⁉　じゃあ僕が悪いって言うのかよ⁉　あいつらにイジメられているのも僕のせいかよ！　何なんだよ⁉　意味とか理由とかって！　そんなの知らないよ！　僕は、僕は――、あぁあぁあぁああああ！」

　奇声を上げた。今にも摑みかかってきそうな大杉に、旅人は言い聞かせるようにこう言った。

「僕が君なら、多田を殺すよ」

　不思議なほど澄んだ声音で。

「きっとそれが与えられた役割なんだ」

　大杉は叩かれたように呆然とした。

　大杉の手を取って立たせる。いまだに戸惑っている大杉に頷いてみせる旅人。美月はその光景を、畏怖《いふ》するように眺めていた。

　なんて。

なんて恐ろしい思考をしているんだろう。

旅人は他人と馴染めない性格や自意識過剰な性癖《せいへき》には意味があると思い込んでいる。そのマイナスがもたらす影響下において与えられた使命のようなものを背負っている。

——そうか、義務だ。これこそが旅人を縛《しば》り、旅人を頑なにしているモノの正体。不幸を肯定《こうてい》し、生き甲斐にまで転じてしまっている抉《えぐ》れの原因。

旅人の下地にある、歪み。

「…………うわ」

やばい、この子、放っておけない。

不幸にあるならば、殺人さえも肯定してしまえるなんて、すごい破綻だ。

物事の見方を一方向からしか捉えられていない。環境なんて場所と人と時間を替えればいくらでも変化する。その時々に応じて不幸も幸福も質を変えるはずで、だからこそ人は抑制が効く。瞬間的な殺意も、時間を置けば冷めるもの。一瞬の抑制は、まだ見ぬ未来への期待と破滅する我が身を憂えることで自発する。想像力が自制を促すのだ。だから、人は、軽々しく逸脱することができない。

それなのにこの子は、逸脱することを躊躇わない。

きっと破滅することに憂えが無いのだろう。彼から放たれる凄みから口先だけではないことを、美月は肌で感じ取っていた。

旅人は瞬間的な殺意を持続し、継続し続ける強さを持っている。五感がすべてその目に集約されていることが、常に殺意を芽生えさせているのかもしれない。

いつか旅人は人を殺すのだろうか。いや、すでに誰かを殺すことを目的にして生きているような気がする。いつかは確実に、近いうちに、やって来るのだ。

そう思った。

「旅ちゃん……」

声を震わせる美月に、旅人は振り返る。

自嘲するような、不敵な笑みを浮かべていた。

＊

五時間目、六時間目の授業の最中も、大杉は昼休みの出来事を思い返していた。

――僕が君なら、多田を殺すよ。

あの言葉に、はっとしたものの、反発も覚えた。

そんな感情は、これまでにいくらでも抱いてきた。

突発的に、多田の顔面にナイフを突き刺してやりたい欲求が働くときがある。目の前にいるのに、頭の中では血塗《まみ》れの多田を見下ろしている。イジメられながら、想像上では何百回と殺している。日暮旅人に言われるまでも無く、この状況を脱するにはそれしか方法は無いと思っている。

でも、できない。

そんなこと、してはいけないのだ。

実際に人を殺すとなると、そこに生じるリスクが結局我が身を滅ぼすことになる。畏《おそ》れはそれだけじゃない、命を奪うという行為に対しても抵抗感があった。禁忌《きんき》は思うだけで人を憂鬱《ゆううつ》とさせる。故に、禁忌だ。それをさせないために心の防衛機構が作用するようだ、――本能的嫌悪感を抱かせるのだ。よく出来た仕組みである、良心とは突き詰めれば本心を騙す枷でしかない。

日暮旅人にしたって、そう。口先では粋《いき》がってみせているものの、所詮《しょせん》他人事に過ぎない。いざ自分の身にこんな不幸が降りかかれば、どうせ何もできやしない。

耐えて丸くなるしかない。

耐え切れなくなれば、死ぬしかない。

不意に、脳裏に醜悪《しゅうあく》な顔、顔、顔が次々に浮かび上がる。

『いつも悪いなあ。おまえのおかげで俺たち、暇を持て余さなくて済むよ』

『なあ。家にも学校にも行き場がない俺たちみたいなクズはさあ、遊んでないと死んじまうんだよ。いや、助かるぜ。大杉のおかげで今日も生きられる』

『で、明日は幾《いく》ら持って来れる？　――あ？　何だよ、その目は。え？　もうお金貸せないとか言うんじゃないだろうな？　まさか俺たちに死ねって言いたいの？　ひでえ奴だな、おまえは。それでも友達かよ』

『あーあ、おまえ友達じゃなくなったんなら、それならさ』

『リンチされても、文句言えないよな？』


「ううう……」

シャーペンを強く握り締める。行き場の無い怒り、悲しみ、――殺意が、頭の中でぐちゃぐちゃに掻き混ぜられる。授業の音が聞こえない。机に広げられた国語の教科書とノートに意味もなくぐちゃぐちゃな線を引いていた。

視線は、斜め前の席で居眠りしている赤毛髪に向けられている。

このシャーペンを喉元に突き刺してやりたい。今ならできる。そっと立ち上がり、片手を振り下ろすだけでいい。それで殺せる。現状を変えられる。僕は、救われる。

「……ううう」

その唸り声に、隣の席の女子が不審げに大杉を横目で見た。大杉は歯を食い縛って一心不乱に線を塗り重ねていく。

授業が終わり、掃除の時間である。担当区域である廊下に出ようとしたとき、大杉は教室で対峙《たいじ》する日暮旅人と多田浩平が目に入った。珍しい組み合わせに他のクラスメイトも足を止めて見入っている。

どうやら多田が旅人を呼び止めたらしく、威圧するような態度で旅人の胸倉に手を伸ばした。引き寄せられて、旅人の体が泳いだ。

「調子に乗ってんなよ、チビ」

体格差は歴然。拳の大きさ一つとっても、旅人に喧嘩で勝る部分はない。

大杉は期待した。旅人が泣いて詫《わ》びる姿を瞬間的に想像した。弱い自分を肯定したくて、多田に屈する旅人を現実にこの目で見たかった。どうせ何もできやしない。さあ殴られる前に泣き叫んで許しを乞うて震え上がるがいいさ——。

「……前から思っていたんだけど」

なのに、旅人は怖がるどころか平然と、わずかに笑いを含んで口にする。

「その赤い髪、カッコイイと思ってやっているのか？」

――ダサすぎて真似できそうにないな。

はっきりと聞き取れた、その瞬間、教室中が静まった。

皆の視線が赤毛に集中し、それが本人にも伝わったのか、多田は顔中の筋肉をぴくぴくと痙攣《けいれん》させ、「――ッらあ！」反射的に旅人を殴り飛ばしていた。

掃除のために寄せていた机と椅子が大きな音を立てて倒れる。女子の悲鳴が轟いた。

多田は足早に接近し、うつ伏せに倒れた旅人に蹴りを入れる。容赦ない蹴りの応酬《おうしゅう》に旅人は為《な》す術《すべ》なく亀のように縮こまり、身を固めた。

ようやく呼吸を乱した多田は、怒りを晴らそうとトドメに移る。顔面を殴りたいらしく、襟首を掴んで仰向けに転がし、拳を高々と掲げた。

そのときだ、跳ね起きた旅人に多田は不意を突かれた。

喉元にシャーペンの先を突きつけられていた。

「残念だけど、僕には痛みがわからないんだ」

机を倒した拍子に零《こぼ》れ落ちた物を拾ったのだろう。よく見れば、ペン先が実際に多田の喉元に少しだけ刺さっていた。

血がゆっくりと首元を滑り落ちる。

「あと少し力を加えるだけで君は死ぬ。試してやろうか？」

くぐもった声は旅人のものとは思えないほど凄みがあった。

「……お、おい、シャレんなんねえよ、……てめっ」

ぐっと押し込まれたのか、「ひっ⁉」多田らしからぬ悲鳴を漏らした。多田は動きを封じられ、旅人が動くのに合わせてゆっくりと立ち上がる。

狼狽する多田に真実味が帯びて、教室中が息を呑む。——今まさに人が殺されようとしている。

大杉は思わず自分の喉を押さえた。突き刺さってくる感触を想像し、その恐怖に戦慄する。多田でなくとも、今の旅人は目に入るだけで凶器である。

「これは本来僕の仕事じゃないけれど」

旅人は大杉を一瞥し、口を三日月型に歪めて、笑んだ。

「お手本くらいにはなるのかな」

誰かに宛てたような台詞を呟いて、シャーペンを握る手に力を込めるのだった。

「何をやっているんだ、おまえたち！　多田！　またおまえか⁉」

体育教師が怒鳴り込んできた。偶々通りがかったところをクラスの誰かが連れてきたようだ。

　旅人は軽く息を吐き出し、喉元からシャーペンを離した。多田は脱力してその場に尻《しり》もちを突くと、喉を押さえながら恐る恐る旅人を見上げた。その目が怯えるようにわずかに揺れた。

　大杉もまた、見つめてくる旅人の視線に背筋《せすじ》を凍らせていた。

〝こうすればいいんだよ。簡単でしょ？〟

　そう言っているかのような目だった。

　その後、旅人と多田は生活指導室に連行され、説教を受けることになった。

＊

　義秀は、仲裁《ちゅうさい》に入った体育教師に事の詳細を聞かされても、にわかには信じられなかった。

　旅人があの不良の多田と喧嘩をした。それだけでも驚きなのに、圧倒したのが旅人の方だというのだから二重で驚いた。外傷こそ旅人の方が目立っていたが、多田の喉元にはペンを突き刺された痕《あと》がくっきりと残っている。あと少し力加減が違っていたら大惨事になっていたかもしれない。義秀は身震いする思いだ。

多田から吹っ掛けた喧嘩であるが、旅人の過剰すぎる防衛手段がやはり問題となり、結局喧嘩両成敗に終わった。各々反省文を書かせることで懲罰《ちょうばつ》とした。

夕食の席で、義秀は食事に手をつける前に旅人に正座をさせた。

説教は得意ではないが、旅人をこのまま放っておくのは危険すぎる。やり過ぎるのは痛みを知らないからだ。いつ人に大怪我をさせるかわかったものではない。

「カッとなってやったことはわかっている。多田から仕掛けてきたこともわかっている。でもな、反撃するにしたってやり過ぎだ。喉なんて急所を狙うのは卑怯者《ひきょうもの》のすることだ。そりゃ、真っ向から立ち向かって行っても勝ち目なんてないかもしれないが、喉に怪我をさせたら命に関わることくらい想像できるだろう。自分がされて恐ろしいと思うことを人にしたらいかん。小学生じゃないんだ、それくらいわかるだろう」

言いたくはないが、これも旅人のため。

言い聞かせることで次第に言葉は心に留まる。もし今日と同じような場面に陥ったときに義秀の言葉が抑止に働いてくれればいいと思う。

「痛み。……痛みってどういうものでしたっけ」

旅人は皮肉めいた笑みを浮かべた。義秀は眉を顰めた、今まで見たことのない表情に戸惑う。

「何を言っているんだ？」

おもむろに、旅人は箸《はし》を逆手に持って自分の左手の甲に叩き付けた。刺さりはしなかったものの、手の甲には赤紫色の痣《あざ》が浮かび上がった。内出血を起こしていた。

それでも旅人は平然としている。

「ほら。こんなにも腫《は》れている。でも、痛くない。痛みが無い。言いませんでしたっけ。僕には痛覚が無いんですよ。だから、僕にその手の説教は無駄なんです」

母は心臓に悪いものを見たと言い、席を立って自室に籠もった。

義秀もまた言うべき言葉が見つからない。

旅人が異質なものに映っていた。

その晩、伯父に電話をした。旅人のことを一番理解しているのは伯父夫婦である。彼らなら痛覚のことを何か知っているはずだ。

『すまん。あえて言わなかったんだよ。先入観から旅人を変な目で見てしまうんじゃないかと思ってね。旅人はね、痛覚だけじゃない、視覚以外の五感が無いんだ』

信じ難い話だった。問題なく日常生活を送っていたから障害を抱えているだなんて思いもしなかった。では、旅人の性格が捩《ねじ》れているのはそれが原因か。

『それだけじゃない。……ここだけの話なんだが、息子の英一は何者かに殺されたと言うんだよ』

「殺された⁉　旅人がそう言ったんですか⁉」

『五感が無いのは事件の後遺症とも言っていたな。正直、わしにはわからん。英一と璃子《りこ》さんは自動車事故で死んだ。そのはずだ。しかし、旅人は違うと言う。あの子は事件の真相を探ろうとしている』

両親を事故で失ったのと事故を装って殺されたのとでは次元が違いすぎる。そこに何者かの意思が乗っていれば、まさしくそれは殺人だ。

まさかそんな。英一は人に殺意を向けられるような人間ではなかったし、彼を殺したところで得になることなんて一つも無いはずだ。璃子さんにしてもそうだ。

考えられることは、逆恨み。あのとき両親を止めてくれていたら事故に遭わずに済んだのに――、と近しい誰かを犯人扱いしているのかもしれない。百歩譲ってそれが未必《みひつ》の故意《こい》だったとして、旅人はその何者かを恨まずにはいられないのだ。

思ったよりも根が深い。ただの気難しい子という認識を改める必要があった。

旅人に心を開かせることなどできるのか、自信が揺らいだ。

それから一ヶ月の間、平穏な日々が続いた。

旅人の刺々しい態度は相変わらずだが、別段問題という問題は起きていない。ただ、旅人はますますクラスから浮いてしまい、その上、多田たち不良グループから目を付けられているのも気掛かりだった。

「心配要りませんってば。校内にいる間は旅ちゃんも、多田君たちも、先生から睨まれているから下手に喧嘩なんてできませんし、旅ちゃんは人の気持ちを読み取るのが得意だから、多田君たちがその気になってもすぐさま逃げ出してくれますって」

いつもの如く放課後の美術室で美術部員のくせに美術に関係の無いことをしている美月が、うんうん唸っている義秀を見かねて口にした。美月も旅人の目のことは聞かされて知っていたようだ。義秀は自分よりも早い内に打ち明けられていたことに軽く嫉妬した。

「見ただけで相手の本心に気づいてしまう、か。確かに、人間不信になりかねんな」

「自分も本心隠して人と接しているくせにね。被害者ぶるのはおかしいわよ」

「おまえは旅人に甘いようで厳しいね。しかし、どうしたもんかな」

不意に、美月はくすりと笑う。

「カイセン、楽しそう」

「んん？」

「寝ても覚めても旅ちゃんのこと考えてる」

むう、とまたもや唸る。楽しいという表現に反論しそうになったが、よくよく考えれば図星だったと気づく。義秀は間違いなく充実していた。

「ちょっとは受験生の心配もしてもらいたいものですけどー」

「おまえに心配は不要だろうに。内申点は申し分ない。面接も得意そうだ。誰とでも打ち解けられるし、大人相手でも緊張しない。どこに推薦《すいせん》出しても間違いなく合格だ」

「や、一般論ですってば。私は私でいろいろ大変なんですよ」

そう言うと、大学ノートに校内の問題点を箇条《かじょう》書きで記していく。つい先日、生徒会長職を引退し、引き継ぎがなされた。現在は新生徒会として二年生が中心となって活動を行っているのだが、美月は今でも何かと頼りにされている。

「休み時間にケータイやポータブルゲーム機で遊んでいる人が目立つんですよねー。三年生はそうでもないけど、一年生が多いかな。ちょっと風紀が乱れてきてます」

「時代だよなー。今や子供がケータイなんてもんを持つ時代だからな。これからどんどん増える。規制しようにも保護者がうるさいんだ。防犯という観点から責められると何も言えん」

少し前に、ある女子生徒が携帯電話を使って問題を起こしたことがあった。以来、学校側では取り締まりの機運が高まっていたのだが、一部の保護者が声高々と噛みついてきて押し切られてしまった。結局規則は立てられず、携帯電話の所持を黙認させられているのが現状だ。

「しかし、ゲーム機は没収してもいいだろうに」

「最近は脳を鍛《きた》えるパズルゲームとかが流行ってますからねー。一概に害悪とは言えないんですよ。もちろん詭弁《きべん》ですけど」

後に脳トレと呼ばれるものだ。義秀は他人事のように嘆息した。

美月は解決策をいくつか提示し、次の懸案事項に移る。

――『イジメ問題』。

「大杉が多田たちに脅されたんだってな。旅人がそれを庇《かば》ったから絡まれたって」

あの日の一部始終は美月から聞かされた。当事者たちは皆口を噤《つぐ》んでしまったので、真相を知っている教師は義秀だけだ。職員会議に掛けることもできたのだが、美月に止められた。事態をややこしくしかねないというのだ。多田の暴力がエスカレートする可能性にも配慮した提案だった。

美月は美月で問題解決に動いていた。

「あれからいろいろ調べてみたんですけれど、多田君たちが校内で大杉君やその他の生徒に暴力を振るっているところを誰も見たことないんですよ」

「そりゃ、校舎裏なんかに連れ込んでしまえば見えんわな」

「そうじゃなくて。見てなくても噂くらいにはなります、なのに誰それが脅されているらしいとかそういった話もまったく聞かないんです。聞こえてくるのは校外での喧嘩話ばかり。実際に多田君たちが入り浸っているゲームセンターやカラオケ店に聞き込みに行ったんですけど、大杉君のような子は見たことがないって言うんですよ」

どう思います、と目線で訴えられても、義秀には何が言いたいのかわからない。それにしても、この子は本当に面倒見がいい。行動力もあるし、人望が厚いのにも納得だ。

「子供同士の横の繋がりを甘く見ちゃ駄目だよ、カイセン。学校っていう場所は独特で、そこには必ずヒエラルキーが存在します。上下を決定づけるのは印象と情報量。たとえば、誰と誰が付き合っているのか。誰が振られて誰が画策したのか。あるいは、誰と誰が喧嘩をしたのか。何が原因で、どっちが勝ってどっちが負けたのか。共通の話題を知ることで仲間意識を芽生えさせ、その情報から特定の誰かの評価を決める。多数決みたいなものです。みんながそうだと言えば、指を差された誰かさんのパーソナリティは確定してしまう。噂ほど怖いものは無いって話です」

「ふむ。それで？」

「誰が誰にイジメられているのか。最もわかりやすい上下関係でしょ？　みんなこの手のことには敏感なんです。だから、いち早く噂になりやすい。……でも」

そこで最初に戻るわけだ。

多田が誰かをイジメているところを、誰も見たことがない、聞いたこともない。

大杉が脅されている事実を誰も知らなかった。

「正直、あり得ません」

美月の耳にさえ届いていなかった。たぶんそれが癪に障ったのだ。短絡思考で行動することがほとんどの不良たちに出し抜かれているみたいで面白くないのだろう。

「もうイジメられてないいんじゃないか？」

義秀は何気なくそう口にした。情報が無いということは事実でないからだ。しかし、
美月は諫めるように声を低めた。

「それこそあり得ません」

きっぱりと断言した。

最近、母の食が細いことに気づいた。

会話も少なく、すぐに自室に籠もるようになった。

夕食時はほとんど旅人と一対一で過ごしている。シンと静まった中で食器の音だけがいやに響いた。沈黙に耐えきれず、義秀は思いついた話題をぶつけた。

「旅人のクラスに大杉っていう子がいるだろう？　最近はどんな感じなんだ？」

旅人は一瞬訝しむように顔を顰めたが、すぐに答えた。

「日に日にやつれていますね。多田君の要求がエスカレートしているみたいです」

「何か知っているのか⁉」

美月にさえ尻尾《しっぽ》を摑ませないと言うのに。

「別に何も。表立って脅迫しているわけじゃないから、ただの憶測《おくそく》です。ただ、これまでイジメられていたのなら、これからもイジメは続きます。多田君たちが手を引く理由はありませんし、大杉君が行動を起こさない限り何かが変わることはない」

「大杉次第か。……なあ、しかし、そこまで気づいているならどうして言わなかったんだ？　証拠は無くとも俺には報告してほしかった。イジメられているとわかっていながら、おまえはどうして無視をするんだ？」

「関わる必要性がない。これはあくまで大杉君の問題だ。僕が出る幕じゃない」

突き放した言い草にカチンときた。

「必要性だと？　おまえは損得でしか物事を見ないつもりか？　だったらどうしてこの間は大杉を助けた？　本当はわかっているんだろう、人間は損得よりもまず人情や良心に心が揺れるものだ。損得勘定は、理由付けは、その後だ。おまえは冷酷ぶってはいるが、誰よりも人の気持ちに敏感なはずなんだ」

その目が人の本心を見抜くというのなら、旅人は誰よりも人間の心に理解があるはずだった。悪感情だけじゃない、そこには絶対に善意もあったはず。

あえて目を伏せるのは、善意に心が揺れるからだろう。

それこそがおまえの良心なんじゃないのか。

「もう一度訊くぞ。どうして無視をした？　おまえの気持ちを聞きたいんだ」

旅人は茶碗《ちゃわん》と箸を置き、顔を上げる。正面から言ってのける。

「さっきも言ったでしょう。これは大杉君の問題なんですよ。彼がやるべきなんだ。そうでないと恨みは晴れない」

「……」

そうでなくてはならないと、駄々を捏《こ》ねる子供みたいに、主張した。

義秀にはわかった。これは大杉の問題ではない、自分の問題にすり替わっている。

やるべきことを為し、そうでなければ恨みは晴らせないと決めつけている。

「……旅人、おまえの両親は事故で死んだんだ。誰も悪くない、不幸な事故だった」

「事故なものか。あれは、殺人だ……！」

声を荒げた。初めて旅人の本当の感情を見た気がする。

憎悪に染まって真っ黒だ。

一体何があったと言うんだ。

「俺にはおまえがどうしてそこまで事故に懐疑的なのか、わからない。話してくれないか。一緒に考えよう。話してくれなくちゃ、わからないよ」

おまえの気持ちが。

「貴方に僕の気持ちはわからない」

「話してくれさえすれば考えるさ。決めつけるなよ。誰も彼も敵と思うなよ。おまえには俺が付いている。俺の母さんも付いている。おまえの爺《じい》ちゃんも婆ちゃんも、見生美月だってそうだ、みんな味方だ。まずは家族を信用しろ。でないと、おまえは」

そのままでいたらいつまで経っても一人きりだ。

旅人の瞳がわずかに揺れた。その動揺は、義秀の言葉が響いた証だった。今のままが正しいだなんて思っていないのだ。だからこそ意固地になっている。

「いるかもわからない犯人を一生恨みながら生きるつもりか？　そんなこと、英一は望んじゃいない。俺が親なら子供にそんなことは望まない」

本心だった。旅人と過ごしたこの一月半の間に、心を通わせることはできなくても、親心というものは学べた気がした。

英一は従弟で、血の繋がりもある。小さいときはよく遊んだし、大人になってからもそれぞれの立場から世間話をよくしたものだ。あいつのことならよく知っている。あいつの気持ちが手に取るようにわかる。今この場にいたのならきっと同じことを口にする。

「親は子供の幸せを願うもんなんだ」

だから、義秀は旅人に幸せになってほしいと願う。

人を憎んで恨んで、そんな気持ちのままで幸せになんてなれるはずがない。

正しい生き方のはずがない。

間違っているのなら、正そうとするのが、親の務めだ。

けれど、旅人にはあと一歩届かない。

「あなたは僕の親じゃない」

冷めた表情で義秀を見据える。英一を引き合いに出したのに激昂したのか、もはや敵意しかそこにはなかった。

「あなたは、日暮英一じゃない。代わりになろうだなんて、思い上がるな」

「……」

そんな台詞を言わせてしまったことを後悔した。図らずも、旅人の心の傷を抉ってしまった。

性急過ぎたのだ、またもや。いつもそうだ。いつも考え無しに思ったことを口にしてしまう。実の親じゃないのだから、と何度も言い聞かせてきたくせに一丁前の振りをした。

思い上がりとは言い得て妙。

これ以上は何を言っても火に油を注ぐだけだ。冷めた気持ちの前に冷めた夕食は、もはや喉を通りそうにない。それでも我慢して食事を再開する。気まずさを払拭《ふっしょく》するように、旅人もそれに倣《なら》って箸を再度持ち上げた。

そのとき、廊下で物音がした。駆けつけると、母が倒れていた。青ざめた表情から荒い呼吸を繰り返す。すぐに救急車を呼び、搬送《はんそう》された病院で緊急入院することになった。

母が罹った疾患《しっかん》はストレス性胃潰瘍《いかいよう》だった。

母に胃痛や吐き気が頻繁に起こり始めたのは旅人が居候を始めた時期と被った。元々旅人の居候に反対していた母はずっと我慢をしてきたのだ。溜め込みやすい質だったのが災《わざわ》いした、義秀は最後まで母の容態に気づくことができなかった。

心因性から来る疾患はストレスの元を取り除かなければ症状は改善しない。

旅人は潔《いさぎよ》かった。居候生活の終わりを母が倒れた夜に悟っていた。

二学期いっぱいで旅人は余所《よそ》の学校へと転校することが決まった。

＊

期末考査も終わり、冬休みが近づくにつれどこか浮つき始めるクラスメイトたち。一人転校の手続きと手荷物の整理を進める旅人のことなど気にも留めない。

その日の昼休み、義秀と美月の両方から美術準備室に呼び出された。旅人は行く気は無かったが、教室が騒然としていたので、どちらにしても移動するしかなかった。

「旅人、どこへ行くつもりだ？　迎えに来たぞ」

廊下に出たところで義秀に捕まった。

「ん？　何の騒ぎだ？」

騒ぎに気づいて中を覗き込む。その隙を突いて旅人は姿を暗まそうとしたが、

「おい、逃げるな。大切な用があるんだ、そう言っただろう。まったく、油断も隙もあったもんじゃない」

迎えに来て正解だったな、と大きく肩を竦めた。

「荷物はあらかた片付きました。もう忘れ物はありません」

「いや、まだある。今からとりに行くからついて来るように」

義秀が旅人の腕を取って歩き出す。逃がすまいと硬く握られている。旅人は溜め息を吐くだけで、振り払うだけの気力を出せなかった。

叱《しか》られるのも心配されるのも、もう鬱陶しい。あと数日で金輪際《こんりんざい》会うこともなくなる、それを思えば邪険《じゃけん》に振る舞うことさえ面倒になっていた。

義秀はいつもと変わらぬ口調で話し掛けてきた。

「さっきクラスで何やら騒いでいたが、何かあったのか？」

「大したことじゃありません。ただ、泥棒《どろぼう》が入っただけで」

「は？　何？　泥棒？」

淡々と話すので思わぬ単語に過剰に反応した。

「クラスの男子三名の鞄や机からゲーム機が無くなったそうです。みんなで探し回っ

たようですが一つも見つからなかった。きっと誰かが盗んだに違いないとして犯人捜しが始まったんです」

「おいおい、盗んだとか犯人だとか、物騒だな。何かの間違いじゃないか？」

「さあ。――三時間目が終わった休み時間に、昼休みに通信対戦しようと言っていたのでそのときにはまだあったのでしょう。四時間目は移動教室で全員理科室に行きました。目を離していたのはこの時間だけです。授業中、一人の男子生徒が腹痛を訴えて理科室から約十分間出て行きました。他に目立った動きをした人はいなかった」

「その男子生徒が疑われているのか？」

「そうみたいですね。さっきの騒ぎは三人で彼を問い詰めていたようです」

　他人事だからか、旅人はつまらなげに口にする。

　しかし、義秀は教師として見過ごすわけにいかなかった。違反して持ち込んだゲーム機とはいえ、高価な物が紛失したのだから生徒にだけ任せるわけにいかない。犯人捜しが白熱して諍いが起こっても大変だ。

　だが、旅人がすかさず釘を刺す。

「先生に言うはずありませんよ。ただでさえゲーム機の所持は禁止されているんですから、無事発見できたとしても没収される事態は免れません。特に盗まれた三名はひた隠しにしたいはずです。それ自体、犯人の計算のうちでしょうが」

「犯人、犯人と言うけど、三人がどっかに置き忘れた可能性は無いのか？」

「ありません。いえ、絶対とは言いませんが、無いはずです。違反しているという意識が三人にはあった。だから、いつも教室の隅っこの方で隠れるようにゲームをしていたんです。教室の外にゲーム機だけを持ち出すとは考えにくい。それも三人ともとなると、誰か一人くらいは置き忘れに気づくはずです」

「確かにそうだな。うん？　そういえば、教室には鍵が掛かっていたんじゃないのか？　移動教室のときは日直か委員長が鍵を管理するはずだ。戸締まりも日直の仕事だろう。まさかその男子生徒が日直だったのか？」

「いえ、日直も委員長も別の人です。どちらも真面目な女子で、戸締まりが怠《おこた》っていたとは思いません。彼女たちもそう主張していました」

「鍵は責任者が持っていて、窓とかの戸締まりもしっかり行っていた。これって密室じゃないか。どうやってゲーム機を持ち出すって言うんだ？」

「……」

「やれやれだな。無事見つかれば目を瞑ってやってもいいが、もし見つからなかったり、犯人を吊《つる》し上げるなんて事態に発展していたら、そのときは教えてくれ。担任の先生に報告しなくちゃいかんからな」

旅人が曖昧に頷いたとき、二人は美術準備室に辿り着いた。

廊下ではカメラを持った中年の男性が待っていて、旅人に「こんにちは」挨拶してきた。旅人はそれには目礼《もくれい》で応え、横を向いて不機嫌そうな顔をする。男性は明らかに業者のカメラマンだ。

「記念写真を撮ろうと思ってな。おまえがこの学校に居た証を作っておきたいんだ」

義秀は神妙な顔つきで旅人の頭に手を置いた。くしゃっと髪をかき混ぜ、まるで謝罪するように頭を垂《た》れた。

「おまえにしてやれることがこれくらいしか思いつかんかった。不甲斐ない俺を許して欲しい。せめておまえのことを想っている人間が居たということだけでも憶えておいてくれないか。それが幸せな記憶になってくれたらいいと、俺は願っている」

旅人は為されるがままに義秀の掌を受け入れている。そこにどんな感情があったのか、義秀には到底わからない。想いは一方通行のままだ。

だから、あえて言うのだ。

「俺の本心がわかるか？　旅人」

旅人は顔を上げる。真摯《しんし》な視線とぶつかった。

「わかるのなら、信じてくれ。俺は、おまえを、」

「――」

駆け足が近づいてくる。廊下の角から曲がって現れた美月は、旅人の姿を認めてほっと息を吐いた。

「ああ、良かった。居た、見つけた。――もう！　逃げ出したかと思ったじゃない！　まさか一人で美術準備室に来るなんて。旅ちゃんらしくない！」

「……その台詞もどうかと思いますけど。甲斐先生に連行されたんです。僕の意志じゃない」

「あらそう。うん、そんなコトだと思ったわ」

顧問と部員が全員揃ったので準備室に入る。カメラマンが指示を出して三人を壁際に並べた。旅人を真ん中にして左右から義秀と美月が寄り添った。

「えーっと、君、男の子、もうちょい笑ってくれないかなー？　あー、うん」

一向に笑わない旅人に苦笑して、シャッターを切った。撮影会は恙《つつが》なく終了した。

「写真が出来上がったらお送りしますんで」

カメラマンを見送り、教室に戻ろうとしたところで美月が旅人を呼び止めた。

「……何ですか？」

「うん。最後に言っておこうと思って。もう会えないかもしれないし」

終業式は明後日だ。三年生は最後の進路希望の調査や面談があってあまり時間が作れない。美月の言うとおり、ゆっくりと話せるのはこのときが最後かもしれなかった。

「旅ちゃんと遊んだ時間は本当に楽しかったよ。良い思い出になったわ」

「そうですか。僕は煩わしいだけでしたけど」

「もー、すぐそういう捻くれたことを言うんだから。困ったもんだ。……それが心配だよ」

美月は寂しそうに笑った。これで最後という思いが感傷的にさせている。

旅人の両肩に手を置いた。

「忠告しておきたいの。聞いてくれる？

あのね、旅ちゃんは人と関わりたくないんだよね？　だったらその態度は直した方がいいよ。人を寄せ付けないとは言っても周囲を不快にしてたら要らない誤解を生むだけだもん。もうちょっと頭を使わなきゃ。上手に人をかわさないとね。私はカイセンみたいにお人好しじゃないから、みんなと仲良くなんて言わない。一人きりでもい
い」

こらこら、と口を挟む義秀を、美月は睨み付けて制する。

「ただし、敵は作らないこと。それが一番生きやすい方法だよ。近寄ってきた相手を弾くんじゃなくて、受け流すくらいの余裕を身につけなさい。でないと、いつかとばっちりを食うことになるよ。いい？　敵を作っちゃ駄目。周囲に合わせておいて、それから孤立するの。それが賢い生き方よ。覚えておいて」

餞《はなむけ》には相応しくない言葉だったが、これまで一度として見たことのない無防備な表情を旅人は浮かべていた。面食らっていた。そして、一番しっくり来ていたようだった。

その様子に、美月は満足げに頷いた。

「んじゃーそういうわけでー、旅ちゃんには最後に一働きしてもらおっかな♪」

一転して、明るい声を出し、ばんばんと両肩を力強く叩く。

「旅ちゃんのクラスで賑わっている盗難事件を解決しなさい」

そんなことを命令した。

なぜ、と訊くまでもなく、美月は続けた。

「さっき旅ちゃんを迎えに行ったとき、クラスの人にちょろっと概要を聞いたの。そんで、その場にいなかった私でさえ犯人と動機がわかったからたぶん旅ちゃんにもわかるんじゃないかと思ってね」

　三本指を立て、そうすることに三つ意味があると説く。

「まず一つ、校則違反のゲーム機持ち込みを徹底的に取り締まれること。私は隠蔽《いんぺい》する気ないから。カイセンみたいに甘くありません」

　美月に言った覚えはないのだが、義秀の考えなどすべてお見通しのようだった。

「二つ目は、イジメ問題の解決。多田君たちの小狡《こずる》いやり方には正直嫌気が差してたの。ここらで撲滅《ぼくめつ》させましょう」

「？　この件に多田たちが関わっているのか？」

「何言ってるんですか。今、真っ先に疑われているのは大杉君なんですよ。まず間違いなく大杉君が犯人だと思うけど、すると動機は多田君たちに脅されてに決まってるじゃないですか。って、――あ、言っちゃった。ごめん、旅ちゃん、見せ場奪っちゃった」

　旅人は自分に振るなとばかりにそっぽを向く。旅人にもそこまではわかっていたらしい。

　ということは、四時間目の授業中に席を外したのは大杉だったわけか。

「いや、いやいや、ちょっと待て。あのな、俺も詳しく聞いたわけじゃないんだが、大杉が犯人だなんて無理がないか？　教室には鍵が掛かっていたと言うぞ？　どうやって教室の中に入ったんだ？」

「カイセン、焦らないの。それは旅ちゃんが証明してくれるから。——三つ目よ。旅ちゃんがゲーム機を取り戻すの。お別れする前に信頼を回復させようよ」

「……そうすることに何の意味があるんですか？」

「さっき言ったじゃない。敵を作るなって。その練習よ。人の印象なんていうのはね、いつだって上書き可能なの。いくらぶっきらぼうで陰湿な旅ちゃんでも、この件を解決させちゃえば英雄扱いだよ。これまでの悪印象を相殺《そうさい》させられるかも。プラマイゼロ、それが人間関係に波風立たせない巧い生き方だと私は思う。転校した先での人付き合いの仕方を学べるいいチャンスだと思わない？」

大きなお世話だ、と旅人の顔には書いてある。

しかし、義秀には理解できた。美月は旅人の行く末を心から案じているのだ。人の善意を疑い、奥底にある悪意を探り、そうやって人間不信に陥った。旅人は常に受け身となって近づく者を弾いてきた。

旅人に足りないものは『行為』だ。自分が為した行いが相手にどのように伝わるか想像付かないようだ。それは自分を客観的に見られないせいでもあり、人付き合いの経験の無さが主な原因だ。

旅人には何よりもまず人と関わることが必要だった。

「わかりましたよ」

意外にも、ふてたような態度ではあるが、あっさりと旅人は頷いた。

「いいですよ。やりますよ。僕が解決させた方が美月先輩には都合が良いのでしょうから」

「何だ？　どういうことだ？」

尋ねると、美月は「え？　何のこと？　みーちゃん、わかんなーい」とわかりやすくすっ惚ける。

「僕の人付き合い云々《うんぬん》はとって付けた言い訳です。先輩は、僕に今行われているイジメを明らかにさせることで、誰に逆恨みされることなく問題の解決に乗り出せると考えているんです。これから転校していく人間がどんなに引っかき回しても角が立ちませんからね。そういう計算の上での提案でしょう」

計算だなんて酷いわ旅ちゃん、とわざとらしく嘆く美月。おどけてはいるが、旅人を案じている気持ちは本当だろうと義秀は思った。計算が入っていることまでは否定できそうにないが。

というわけで、一石四鳥の推理が始まった。

「推理だなんて大層なものではありませんよ。知っていれば誰にだって鍵の掛かった教室に入ることができますから」

そう言うと、旅人は準備室の廊下側の窓に近づき、鍵を掛けた。鍵はオーソドックスなクレセント錠で、片側の引き違い窓に錠受けが設えてあり、クレセントを回転させて錠受けにはめ込む形式だ。ごくごく一般的な窓鍵であろう。この学校の窓はすべてこのクレセント錠が付いている。

「空き巣みたいに窓ガラスを破かなくても、ここの窓なら力業で開けられます。美月先輩はもちろんご存じですよね？　校内にはいくつか鍵を外せる窓があることを」

「ん、……まあ、全部は知らないけど。その窓もそうなの？」

「はい。僕が見掛けただけでも十箇所以上はありました。職員室の窓もその一つです」

鍵の開け方がまったく想像できない義秀であったが、職員室の窓と聞いて、転入してきたばかりの旅人が職員室の窓を眺めて防犯がどうのと言っていたことを思い出した。

「窓枠はいまだに木材を使用しています。木造校舎だった頃の名残でしょうが、古びているために素材自体が柔らかくなっています。だから、強い力を加えれば少しだけ凹ませられるんです。見ててください」

　旅人は廊下に出ると、錠受けが設えてある方の窓の端を摑み、持ち上げた。ほんの少しだが持ち上がった。たやすく窓を外せそうだったが、二枚の窓ガラスが錠によって繫がっているため取り外すまではいけないようだ。ガタタッと音を立てながら、旅人は小刻みに何度も上下に揺らす。

　すると、錠受けの金具がクレセント錠を擦って押し上げ、徐々に回転させていく。

　義秀は思わず「おお」と感心してしまった。

「こうやって少しずつ擦り上げて鍵を回したんです。ある程度回転したら、あとは普通に開けられます」

　窓を開け、廊下に立つ旅人の上半身が現れた。

　呆気《あっけ》ないものだった。これでは防犯意識が低いと言われても仕方がない。

「でも、特定の窓にしか使えない裏技なんだな。たぶん木材の老朽具合が関係しているんだと思う。ここの窓枠に使われた木材は古かった、だから持ち上げられるだけの隙間を生み出せたの」

　普通教室は代々先輩から後輩に受け継がれる。その折、この裏技が通じる窓のことも伝えられるらしく、一部の人間にのみ知れ渡っていた。なかなか浸透しないのは必要性が無いからだろう。泥棒目的以外の使い道はなく、そもそも教室に貴重品を置いておく生徒はあまりいない。地域に根付いた公立中学校に通う子供では、財布を学校に持って来ることさえ珍しいのだ。

「どうして見生は知っていたんだ？」

「代々生徒会長にはこの学校の秘密が受け継がれるんですの。特権ですわよ、特権」

「じゃあ、大杉はどうして知ってたんだ？」

「……多田君たちに教わったんでしょう。不良には不良の伝統があるの。使い道はなくても、いざというときの為に知っておくのは損じゃないから。——で、これで密室は密室じゃなくなったわ。あとはゲーム機を盗んで窓を締めて、授業が終わって教室に戻ってきたらさりげなく窓に鍵を掛けて証拠隠滅。ね？　簡単でしょ？」

今は十二月。普段授業を受けている教室も、移動教室で一時間も無人にすれば室温は極度に下がる。昼休みにお弁当を広げる生徒たちが寒い中わざわざ窓を開けるとは思えず、従ってしばらくは誰も窓の鍵が開いていることに気がつかない。ゲーム機が盗まれたと気づいた三人が騒ぎ出す前に、こっそり鍵を掛けてしまえば皆の意識の中では密室のままだ。

「駆け足で行けば十分間でも十分盗み出せます」

つまり、逆に言えば、それができるのは大杉以外にいないということになる。まさか他のクラスの人間が仕舞われたゲーム機を三体も見つけ出せるとは思えない。事前に盗むつもりで三人を観察していれば発見は容易だ。

「次に隠し場所ですが、大杉君が犯人ならばここしかない、という場所に行きます」

先に立って廊下を歩き出す旅人。ついていく二人はこそっと小声で話す。

「なんだか旅人のやつ、心なしか生き生きしてないか？」

「人の秘密を暴いて晒《さら》すのが好きなのかも。とことん性格悪いなー。将来、強請《ゆすり》を生業《なりわい》にしてそうね」

「悪い冗談だ。あいつに犯罪は似合わん」

事態は笑い事では決してないが、推理ごっこができて楽しそうな旅人を見られたのは素直に嬉しかった。こうして見れば普通の中学生と変わらないというのに。生い立ちと環境がそんな『普通』を旅人に許さない。

一年生の教室棟から賑やかな歓声が響く。冬休みの計画で盛り上がっているのかもしれない。隣を見れば美月も神妙そうにして目を伏せていた。同じ事を考えたのかもしれない。

どんな中学生にも（美月にしろ大杉にしろ多田にしろ）当たり前にあり得る中学生

らしい日常が、旅人にはあり得ない。彼にとっての日常は、目まぐるしく変わる環境に翻弄される日々だ。新しい出会いに怯え、新しい場所に警戒し、次の『何処か』をひたすら待ち続けるだけの日々。

両親の敵討《かたきう》ちに固執するのは、もしかしたら、それくらいしか確固たる信念がないからではないのか。何かを楽しいと思うことも、何かを待ちわびるということも、余裕が無ければ生じない感情だ。安定しない日常では心は躍らない、足場がぐらついていたら未来を期待する暇すらない。それでも生きていくために強い気持ちが必要だった。

復讐心。——旅人には打って付けの感情だったのだろう、そこに身を落とすことで実際精神は救われた。救われてしまった。

そんな哀《かな》しい動機で、旅人は人生に意味を見出しているのだ。

「違う。本当はもっと輝かしい未来を想像するもんだ。人を生かすのは希望だよ」

「旅ちゃんにとって今回のことが心変わりのきっかけになったりして」

その推理力を活かせる道、というのは確かに悪くない。

もちろん誰かを貶める為じゃなく、自分と、せめて愛する人を幸せにする為に。

そういう風に思える人間に育ってほしいと、心から願う。

まだ、間に合うはずだから。

三人が行き着いた場所は校舎の隅にある非常口。開ければ正面には焼却炉があり、奥に進めば多田たちの溜まり場である。

旅人が用があったのは焼却炉だった。

「焼却炉の怪談は以前いた学校にもありました。——そもそも、なぜ焼却炉にモノを入れるのか。美月先輩は要らないモノと言っていましたが、そこには願掛《がんか》けの意味合いが強い。入れたモノや、ノートの切れ端に書いて『頼んだ』モノさえも消してくれる。消してくれる代わりに生徒たちはお礼の品も一緒に入れるんです。忘れたら呪《のろ》われてしまいますからね。焼却炉の中身の正体は大方、大昔に誤って生きたまま燃やされた生徒の怨霊《おんりょう》というところでしょうか。物語は焼却炉の中に入った人間が消されるか、お礼をし忘れた人間に災厄《さいやく》が降りかかって終わりです」

義秀には何の話をしているのかわからなかったので美月に解説を求めたが、黙ってとぴしゃりと捨てられる。

「願掛け、お礼、不信心は祟《たた》られる。——これって神社に似ていると思いませんか。人が消えるのも神様の姿を暴こうとして神隠しに遭うのと関連します」

「そうね。というか、この手のお話はどこかで似通ってくるし、大本を辿ればそういった民話や御伽噺《おとぎばなし》が下地にあるものだもん。ただ神様が妖怪に、妖怪が幽霊に置き換わっていっただけ、と私も思う。でも、それが何？」

「焼却炉に供物を入れて願い事を聞き届けてもらう、という怪談を利用したんです。利用したというか面白がって便乗したという感じですが。イジメない代わりに焼却炉の中に入っている紙に書かれたモノを手に入れろ、手に入れたのなら焼却炉の中に入れておけ。供物を捧げなければ祟り殺すぞ、という風に怪談に倣った脅迫を行っていたんです」

焼却炉の蓋を開ける。中に上半身を突っ込ませた旅人はその手に紙袋を掴んで引き上げた。中には、果たしてゲーム機が三体収まっていた。

「前にここに来たときになんとなく気になっていました。長年開閉すらされなかったはずの蓋に動いた『跡』が視えた。たぶん多田君たちが物色したんです。焼却炉を使った供物システムを閃《ひらめ》いたのもそのときでしょう」

事ここに至ってようやく理解した。美月は校内で脅迫されていたり暴力を振るわれていたりするところを見たことがないと言った。不良とて噂になるのは避けたいはず、だからと言って絶好のカモを逃す手は無い。そこで考え出されたのがこの焼却炉システムだ。校舎裏で絡まれていたあのとき、大杉はこの提案を呑まされたに違いない。

そこへ通りがかった旅人たちによって一旦は助けられたように見えたが、大杉にとっての地獄は翌日から始まった。

一ヶ月の間、何度となく金品を要求され、その度に無理をしてでも掻き集めていたのだろう。大杉のやつれ具合はそれで説明が付く。

なんて卑怯で、卑劣で、最低極まりない行いだろうか。供物と掛けて自分らを神様に見立てる思い上がりには反吐《へど》が出そうだ。誰に知られることなく、誰に接触されることなく、イジメられていた大杉はどれほど孤独だっただろう。想像するだけで胸が締め付けられる。

こんなこと野放しにしてたまるか。

「俺は本気で怒ったぞ。見生、もう止めるなよ」

「止めません。ようやく尻尾を掴んだんです。絶対に手は緩めません」

旅人を先頭にして教室を目指す。

これでようやくいろいろな問題が一気に前身する。校則違反やイジメ問題、それに旅人の心変わりについても、どれもこれもすぐに解決するわけではないが、変えていく取っ掛かりにはなるはずだ。

教室を目前にして、義秀は旅人の頭に手を置いた。

「おまえが人の気持ちに敏感なのは知っている。悪意に気づいてしまうんだってな。でも、それっておまえの勘違いなんじゃないかって思うんだ。誰もおまえを嫌っていないよ。ただ、怖いんだ。つれないおまえの態度に、みんな怯えているだけなんだよ。おまえが見ているのはそんな『怯え』だよ。誰だって初対面の人に話し掛けるのは勇気が要る。せっかく話し掛けたのにおまえが怯えていたら相手だって怯えてしまうだろう。だからさ、」

しっかり前を向いて見て欲しい。

悪意を恐れて目を背けていたら、そこにある善意にだって気づけやしない。

「堂々と胸を張って、自信を持って自分をさらけ出せ」

そうやって少しずつ今の自分を気に入る努力をしていくんだ。

「そうすればきっとみんなもおまえを好きになる。おまえが好きなおまえ自身を」

教室の扉を開けて、旅人は足を踏み入れた。

義秀は、押したその背中を静かに見守った。

扉を開けた瞬間、旅人は久しく味わっていなかった浮き足立った気分が急激に冷めていくのを感じた。義秀によって絆《ほだ》されかけていた心がゆっくりと乾いていく。——

ああ、やっぱり。諦観《ていかん》にも似た思いに任せ、旅人は荒んでいく気持ちを加速させた。

クラスメイトの目が一斉にこちらに向いた。どいつもこいつも疑わしげな、気味悪がった視線で旅人を見る。顔を顰め、ひそひそと小声で言葉を交わす。目に見えた悪意に、旅人でなくても気づけたはずだ。

手にしていた紙袋を注視されて、それで完全にすべてを把握した。

教壇の前で泣きべそを掻く大杉が、ゆっくりと人差し指を旅人に向けた。

「日暮君にやれって言われたんだよ」

教室の奥の方で、赤い髪をした生徒が愉快そうに笑っている。

騒然とした。ゲーム機を盗まれた三人は旅人の手から紙袋を引ったくって中身を確認し、濡《ぬ》れ衣《ぎぬ》を着せられた旅人に摑みかかる。罵声と悲鳴と陰口《かげぐち》が一気に拡散し、割り込んで入った義秀の声も掻き消された。

美月は廊下からじっとその様子を眺めている。

渦中《かちゅう》に呑み込まれた旅人から目が離せないでいる。

旅人はおもむろに振り返り、その顔を見た美月は息を呑んだ。

旅人はこれまでの痛々しい笑みとはまるで違う、清々しいまでに穏やかな顔つきで、哀しげに微笑んでいた。

旅人は美月の言葉を採用した。

人間関係に波風立たせない巧い生き方。こういう煩わしい事態を避けるためには必須な技術だ。――よくわかったよ、先輩。孤独ではなく、孤立する生き方ですね。

集団に溶け込みながら、敵を作らず恨みを買わず、飄々《ひょうひょう》と生きていける人間。

それこそがきっと、僕が理想とする道だ。

さあ、笑え。

感情的だったこれまでの自分を捨てろ。

心を閉ざせ。隙を与えるな。誰にでも柔らかく接し、穏やかな気持ちでい続けろ。

お人好しに徹するんだ。完全に、完璧に、偽りの自分に生まれ変われ。

仮面じみた微笑みで。

旅人の表情は固まった。

翌日から旅人が学校に来ることは二度と無かった。

甲斐義秀により濡れ衣であることが証明されたものの、クラスの誰一人として旅人に謝罪する機会は失われた。

旅人のその後を知る者は誰もいない。

＊　＊　＊

「…………………」

陽子の正面で、美月がコーヒーにミルクを淹れてひたすら攪拌《かくはん》し続けている。陽子がメールを打ち終えてもなお口を閉ざしていた。

なんとなく陽子から話を振らなければならないような気がした。メールをし出して美月をほったらかしにした気まずさが場に沈黙を与えているようだ。

試しに何か話題を振ろうと考えたが、旅人のこと以外では何も思いつかなかった。それはそれで問題なのだが、今の陽子はそれどころでなく頭をフル回転させる。

いっそ旅人の中学時代の思い出話でも聞かせてもらおうか。

一瞬そう思ったが、訊いても教えてくれるかわからないし、そもそも自分は本当に聞きたがっているのか疑問に思った。

旅人の過去。――気にはなる。でも、陽子はわずかに躊躇った。美月が抱く中学時代の旅人のイメージはツンツンギラギラと刺々しいらしく、それに共感できない以上、きっと別人の人生を思い描くことになるだろう。きっと意味はないのだ。

それに、旅人の昔話は直接本人の口から聞きたい。

第三者の、それもとびきり美人の女性から聞かされるとなると、それだけで気持ちはざわつきそうだった。意外にも自分は嫉妬深いのだと知った。

あれこれ考えているうちに、美月の方から声を掛けられた。

「打ち終えた、メール？」

「え？　は、はい」

「随分長いこと悩んでいたみたいだけど、もしかして愛の告白でもしたの？」

くすくすとからかいの交じった笑みを浮かべている。その冗談には苦笑で受け流したが、なぜか美月の態度が少しおかしいことに気がついた。

美月の表情が先ほどまでとは打って変わって憂えているように見えたのだ。

「あのね、私、陽子ちゃんに謝んなきゃいけないかなーって」

そう言って攪拌していたスプーンから指を離す。

はあ、と溜め息を溢してわかりやすく肩を落として見せた。

「陽子ちゃんの言う消え入りそうな旅ちゃんって、もしかしたら私のせいかもしれないんだ」

「え？」

「それ、思い出しちゃって。話したら陽子ちゃんに怒られちゃいそうだから、ごめんねだけど言わない」

「……」

突然の告白に思考は完全にストップしていた。陽子はしかし、目を伏せる美月の表情から、初めて会った日の、あの事務所の扉の前で見た緊張した面持ちを思い出していた。

そして、美月が用意した箱の中身を旅人が外したときに言った台詞も。

『昔の、——中学の頃の旅ちゃんだったら見抜けていたでしょうけど。もう一歩踏み込んで人を信用しないところが君らしかったんだけどなあ』

美月が話してくれないのでもはや想像するしかないのだが、どうやら過去に旅人の性格を変える何かがあって、それを今思い出したらしい。

いや、思い出したというよりもこの感触は……。

「初めから心当たりがあったんですか？」

美月は認めるように苦笑した。

昔とは違う彼を恐れていた。そして、変わってしまった彼に居たたまれなさを感じていた。変わってしまった原因が美月にあるとすれば、あのときの表情も、台詞も、今の態度も、自責の念から来たものだ。

「もしかして、旅人さんに会いに来たのってそれを確かめるために?」

この人が旅人に対して抱えていたものは、恋愛感情や友情なんかではなく、責任感だった。後悔と未練を引きずって、それに決着を着けるために会いに来た。

美月もまた陽子と同じ不安を感じていたのだ。

「カイセンの病気は口実。ああでも、余命宣告受けたのは本当だったんだけど。……今でもまだ危なっかしい旅ちゃんのままだったらどうしようって、ちょっと気が気じゃなくてね。旅ちゃん、どうなってんのかなって見に来たの」

自分がした行いのせいで誰かの人生を狂わせてしまったとしたら、それはどれほどの重みとなるだろうか。旅人の闇の部分を知っている陽子だからこそ、彼から受ける重圧が如何ばかりか想像できた。美月は十年以上もの間その重圧と闘ってきたのか。

そして同時に、旅人の闇の強さを再認識させられた。

ちょっとやそっとのことでは更正《こうせい》できない翳《かげ》りのはず。

――旅人はやはり帰ってこないんじゃ……。

見る見るうちに沈み込む陽子に、美月は慌てて両手を振った。

「あ、ごめんごめん！　そんなつもりで言ったんじゃないの！　不安がらせた原因は私にあるけれど、今の旅ちゃんだったら心配要らないって、そのことが言いたかったの！　旅ちゃんならきちんと帰ってくるわ！　なぜなら」

そのとき、テーブルの上に置いていた美月の携帯電話が光った。マナーモードにしていたらしく、音も立てずに明滅を繰り返す。手に取った美月は「ジュンちゃんだ」呟いた。

「ごめん。メール。彼氏から」

「え？　彼氏？」

「うん。こう見えて私、結構モテるのよ？」

メールを打つ手を止めずに若干得意になって言った。……こう見えてって、どう見てもモテ女だと思いますが。

「この後会う約束してるんだけど、この人、二時間置きくらいにメールしてくるのよねー。今何してるー、とか。ちょっち愛が重いわ」

不満を垂れつつもその顔はどことなく嬉しそうだった。なんとなく、本人がしっかりハキハキしている分、美月はだらしない男性に惹かれてしまうタイプだと思った。

「私っていつもこの手の男に振り回されるんだ。甘えん坊で独占欲強くって、一人じゃ何も出来ないタイプ。不思議なもんでさ、付き合ってみて初めて気づくんだ。またこのタイプだって。潜在的に求めちゃってんのかなあ？」

自覚は大いにあるようで、嬉しそうだと思っていた顔は単なる苦笑だったようだ。

「ま、でも、好きになったんだからしょうがない。お互い苦労するよね」

「へ？」

「危なっかしくて見てられない男を好きになっちゃったもん同士、これからも仲良くしましょうね」

赤面はしなかったと思う。陽子の返事を待たずして、「さて」と美月は携帯電話をバッグに仕舞い、さっき言い掛けた言葉を口にした。

「久しぶりに旅ちゃんに会って驚いた。昔と全然違ってたからって言うのもあるけれど、想像していたのとも違っていたから。陽子ちゃんの言うような危なっかしい旅ちゃんは、いるかもしれないって思ってたんだけど、でもいなかった」

いなかったよ、と繰り返す。

人差し指を立てて陽子を指差し、その隣の何も無い空間に平行移動させる。

「貴女の隣に座っていた旅ちゃんは、私が知っている昔の旅ちゃんでも、陽子ちゃんが心配しているちょっと前までの旅ちゃんでも無かった。ものすごく優しい顔して貴女を見ていた。自信持っていいわよ、陽子ちゃん。あの旅ちゃんが自分のテリトリーに人を上げて、その上家事まで任せちゃうなんて、あり得ないもん。信頼している何よりの証拠よ。貴女のことは、きっと、特別なんでしょうね」

「……」

特別たりたいと願ったことがある。

けれど、旅人は目の異常に苦しめられて人と共に生きることに臆病になってしまい、特別を作ろうとしない生き方をしてきた。陽子は身近にいてずっと歯痒《はがゆ》い思いをしてきたというのに。

美月はすでに陽子がそうであると断言してくれた。

「陽子ちゃんが隣に居てくれるだけであの人は救われてるんだと思う。だから、きっと帰ってくるわ」

私がここにいるだけで。

旅人は帰ってきてくれる。

「旅ちゃんのこと、これからもよろしくね」

半信半疑のまま目を丸くする陽子を置いてきぼりにして、美月は大きく息を吐き出し肩の力を抜いた。両腕を上げて伸びをし、憑《つ》き物が落ちたような晴れ晴れとした顔で笑う。

「あー、スッとした」

よくわからないが、美月の不安はとっくに解消されていたらしい。

何の確証も得られていないけれど、今は美月の笑顔を信じてみようと思った。

旅人はきっと帰ってくる。陽子や、雪路君や灯衣ちゃんを置いていなくなってしまうようなことはもうないんだって、信じよう。

隣の空いた席に旅人が帰ってくるのを待ちわびる。

＊

十年ぶりに訪れたその町は、記憶にある通りの景色を残していた。さすが田舎なだけはある。少し違って見えたのは、背と共に視点が高くなったからだ。町ではなく自分の変化の方が著しい。あんなに大きかった駅の昇降口にある看板も今では大した大きさに感じられない。

ロータリーに出ると、声を掛けられた。百六十センチそこそこの男性が、恐る恐る見上げるようにして近づいてきた。

「日暮、……君？」

「そういう君は、大杉君、だね。変わらないな」

大杉は「ああ」と困ったように頷いた。

大杉は美月が案内役として抜擢した。当時のわだかまりや後悔を清算させる意味があった。旅人はともかく大杉はずっとあの事件に囚われているという。

上手く言葉を切り出せない大杉はとりあえず旅人を駐車場へと案内した。先に立って歩くがそわそわと落ち着かない。気まずそうに視線を泳がせつつ、先ほどの話題を拾う。

「日暮君は変わったね。背が大きくなった。吃驚したよ」

車の助手席を勧め、乗り込む。シートベルトをして、改めて旅人を見遣る。

「本当に見違えたよ。眼鏡なんかして、ほとんど別人だ。君、視力悪かったっけ？」

甲斐義秀が入院している病院に向けて車は発進した。

車中では、あの事件の後始末が語られた。

甲斐義秀先生と前生徒会長の見生美月によって旅人に掛けられた容疑は晴らされた。

大杉が嘘の報告をしたことも、ゲーム機を盗んだことも、すべて脅されてしていたことが明らかにされた。糾弾された多田浩平以下六名の男子生徒は、校外での喧嘩や軽犯罪も取り上げられ刑事事件にまで発展し、家庭裁判所に召喚された。旅人の名誉回復も大杉のイジメ問題の解消もこうして為されたのである。

しかし、爪痕《つめあと》は残された。大杉は、脅されていたとはいえ、旅人に罪を擦り付けてしまった。その罪を、心の弱さを、いつまでも悔やんだ。

美月はそんな大杉に約束してくれた。

「いつか謝る機会を作ってあげる。私も旅ちゃんのこと心配だもん。捜すわ。君も協力してくれる?」

具体的には何もできなかったが、いつ旅人が戻ってきてもいいように準備だけはしてきたつもりだ。言いたいこと、謝りたいこと、ずっとずっと胸に溜めてきた。

「ごめん。本当に、ごめん。僕は君に酷いことをした」

病院の駐車場で、大杉は深々と頭を下げた。殴られる覚悟もしていた。震えて待つ大杉の肩に旅人はそっと手を置いた。

「もういいよ。僕は別に怒っていない。多田君たちに言わされていることはわかっていたし、どちらかと言えば君に対して謝るべきは、僕の方だ」

酷いことを言った、と旅人は謝った。

こうしてお互いのわだかまりは晴れた。大杉はお見舞いを辞退し、この場で別れとした。病院に入っていく旅人を見送って、もう一度頭を下げるのだった。

そして、旅人はようやく本来のわだかまりを晴らす機会を得た。

特別病棟の個室に入る。一定のリズムで鳴らす電子音と、人工呼吸器に遮られてくぐもった息遣いだけが響く。ベッドに横たわる甲斐義秀に十年前の溌剌とした姿は見る影も無い。器具の付け外しに邪魔だったのか、あるいは趣味を変えたのか、トレードマークだった口周りの髭は剃《そ》られていた。

老けた。

全身は寝たきりの影響で痩せ細っている。まるでミイラのようでいて、ふっくらしていたはずの顔にも活力は見出せない。けれど、

生きている。

生きて、旅人に視線を向けて、迎え入れてくれた。

「お久しぶりです。覚えていますか？　日暮旅人です」

受付を通るとき、看護士に容態を訊いた。

甲斐義秀は三ヶ月ほど前に急性腎《じん》不《ふ》全《ぜん》と肺炎を併発し、呼吸困難になり、間もなく

意識不明の状態に陥った。血液透析が必要になるほど症状は悪化し、さらに自発呼吸がままならず人工呼吸器に頼りいまだに外すことができないでいる。

初めの一ヶ月は常に危篤《きとく》状態が続いた。昏睡《こんすい》したまま意識が戻らなかったらしい。医師は親族を急遽《きゅうきょ》呼び出し、山場であることを告げる。一旦は葬儀の準備も考えられたそうだ。付きっ切りで看病をしていた母まで衰弱してしまったとも聞いた。

次の一ヶ月で腎不全に回復の兆しが見られたが、肺炎は治まらず、高熱にうなされ続け、意識障害がたびたび起こったという。このまま回復しても自我が戻らない可能性があった。病院側は全力で処置を施した。その甲斐あって、山場は越えられた。危篤状態から脱せられたのだった。

そして、現在まで義秀は朦朧《もうろう》とした意識の中で病魔と闘い続けていた。話しかけたりすると頷いたり首を振ったりするものの、おそらく本人には伝わっていない。目を開けていても何も見えておらず、何も考えていない。

意思の疎通は図れないでしょう、と看護士から説明を受けた。ショックを受けないようにとの気遣いだった。覚悟を持って臨んだはずだったが、いざ義秀の前に立つと胸がつかえた。

「旅人です。先生。日暮英一の息子の。背が伸びてしまったんでわからないかな」

義秀の視線は何も見えていない。

旅人の姿は虚空《こくう》に混じって消えている。

「……先生」

いつかは回復するかもしれない。そのときに懸けて言葉を納めることもできる。

けれど、知ってしまった。

今ある時間がいつまでも長続きするなんて保証がどこにもないことを。

あんなに健康そうだった義秀でさえ病に倒れた。自分などこの目の異常が無かったとしてもきっと短命に違いなく、いつ倒れるかわかったものではない。

「先生、僕はずっと一人きりでいいと思っていたんです」

眠たそうな眼をスッと細める。旅人の言葉を空耳のように受け入れる。

「僕はどうせ長生きできない。復讐を遂げたらそこで終わりでいいと、本気で思っていました。だから、僕は誰も信用せずに一人で生きようと決めたんです」

どうせ、と思えば楽だった。

目的以外のものを背負わなければ、迷わないし、傷つかない。未練も後悔も抱えず、他人を羨ましいとも思わずに、他人の愛の形を遠目から眺めるだけで満足した。

それでいいと思った。

それだけの人生でも満足だった、のに。

「僕は嘘吐きだ」

一人きりがいいだなんて、そんなのは嘘だ。

「僕はずっと理解者が欲しかった」

ただ自分だけを見てくれる、父と母のような存在が。

「僕は、僕を受け入れてくれる家族が欲しかったんだ……っ」

問答無用で信頼してくれる家族を。いつでもどんなことがあっても味方でいてくれる家族を。家に帰れば「おかえりなさい」と迎え入れてくれる、そんな家族を。

愛したかった。

「…………義父《とう》さん」

「────」

義秀はか細くなった腕を持ち上げて、震える手をまっすぐ旅人に向けた。

在《あ》りし日の旅人の頭に手を乗せた。

背の低かった頃の旅人に視線を合わせた。

ここにはいない、意識の中の、十年前の旅人に語り掛ける。

『俺の本心がわかるか？　旅人。わかるのなら、信じてくれ。俺は、おまえを、』

消え入りそうな声で、あの日の言葉を口にした。

〝——おまえを、いつまでも実の息子のように思っているからな〟

義秀は柔らかく微笑んで、そう言った。

この病室にいる、

背の高い旅人を見上げて、

そう言った。

「————ッ」

はっきりとこの目には映る。

義秀の『声』が中空を舞って伝わってくる。

〝——久しぶりだ。随分と大きくなったな〟

「……はい」

〝——元気そうで何よりだ。今、何をしているんだ？〟

「……探偵をしています」

〝——そうか。旅人らしいな。中学の頃のおまえの推理には驚かされたもんだ〟

楽しげに会話が続く。視線と息遣いのほんのわずかな変化が義秀の言葉を表した。

常人には見えない意思と言葉がこの部屋に充満していく。一定のリズムで鳴らす電子音と、人工呼吸器に遮られてくぐもった息遣いしか聞こえずとも、この目は確かに義秀の心を拾っていく。

涙が出た。

〝――今、幸せか？〟

「……おかげさまで」

初めてこの目に感謝したいと思った。

自分を息子と呼び、愛そうとしてくれた里親とこうして会話ができている奇蹟に感謝したかった。実の両親が死んでしまった今、味わえなかった親子の情を痛いほどに感じられている。

〝――もっと幸せになれ。もっともっと幸せになれ。生きる目的はそれでいいんだ〟

頷く。ひたすら力強く背中を押された気がして、旅人は涙を拭った。

「今日、貴方に会いに来て本当によかった」

義秀がうっすらと笑った気がした。

「また来ます」

親《あなた》を安心させたいから。

今度は大切な誰かも一緒に――。


病院の廊下でしばし放心する。

幸せになれと義父は言った。不幸を背負った分幸せを求めないのは間違っていると。

人生にやり直しは利かないが、人間には壊れた箇所を修正し背負い直す権利がある。

それまでの自分を肯定するためにも、これからの自分に貢献しなければならない。

では、僕は何を欲するべきだろうか。

何をもってして幸せと呼べるのか。眼鏡を外し、掌で瞼《まぶた》を覆《おお》った。長い付き合いの中でこの目を不幸だとは思わなくなったけど、反対にこの目が正常に戻れば幸せかと言うと、疑問である。

正直なところ、旅人はすでに満たされていた。帰る場所を得て、憧れていた家族の絆に触れてさえいる。義秀が、灯衣が、雪路が与えてくれた物だけで十分だ。これ以上何を望めばいいのか、わからない。

何を望んでいいのか、わからない。

マナーモードにしていた携帯電話が震えた。その振動を視て取って、携帯を開く。メールが届いていた。そこに映し出された文面と名前に息を呑む。

『必ず帰ってきてくださいね。

あなたのお家で待っています』

「……」

——本当に、貴女という人は……。

居ても立ってもいられず、旅人は駆け出した。看護士が注意する声には見向きもせずに、正面玄関を抜けてタクシーを拾おうと公道に出る。勢い余って車道に飛び出しそうになり、高速で通過していくトラックにクラクションを鳴らされた。

「ははっ……」

いつかこの目が見えなくなるんじゃないかと恐れていたが、なんということはない、皆生きている限り条件は同じなのだと気がついた。不慮《ふりょ》の災難は誰にだって平等だ。

突然の事故で体を不自由にすることもあれば、病に倒れて後遺症を残すこともある。

最悪、死に至ることだって……。

それでも誰もが懸命に生きていた。どんな不幸に見舞われようとも、諦めることなく、もう一度立ち上がろうと足掻《あが》いていた。失うことの恐怖を抱えて、なおも大切なものを抱え込んで、いつかは笑えるようにと努力を重ねていた。誰もが闘っていた。

それが『普通』だった。

それで『日常』なんだ。

生きることがこんなにも辛いだなんて、知らなかった。

愛しさを知れば知るほど、心は臆病になっていく。でも、
この愛しさを育むことだけは止められそうにない。


日もすっかり沈んだ頃に事務所に到着した。

リビングに駆け込むと、中に居た四人は弾かれたように振り返った。

「つんだよ、アニキかよ!?　吃驚させせんじゃねえよ。いきなり帰ってきやがって」

「もう、パパ！　わたしに黙ってどこ行ってたの!?　勝手にいなくならないで！」

「うっす！　タビさん、お勤めご苦労さましたっす！」

雪路、灯衣、亀吉が次々と声をかけてきた。そんな『普通』を意識しただけでこの胸は締め付けられる。足元に抱きついてきた灯衣の頭を一撫でし、雪路と亀吉には交互に視線を向けて帰宅の挨拶とした。

「旅人さん……」

彼女がいた。切らした息を整えて、ゆっくりとリビングを通り抜ける。一番奥のソファに座っていた彼女は、近づいてくる旅人に合わせて立ち上がる。

「……陽子先生」

旅人に詰め寄られた陽子はぽかんと口を開けて固まっていたが、やがてその顔を満面の笑みに変えた。

「おかえりなさい。旅人さん」

——ああ。

もう誤魔化すことなんてできない。

彼女を見つめた瞬間、胸に宿った気持ちこそがどうしようもない本心だった。

臆病な気持ちを振り払い、ワガママに生きてやろうと心に決める。

「……今度のクリスマス、何かご予定はありますか？」

「え？　えっと、お昼は保育園でお仕事がありますけど、その後なら特には」

「なら、僕とデートしてください」

その発言を受けて、事務所はにわかに沈黙し、すぐさま騒然とした。

雪路と灯衣がぎゃあぎゃあと騒ぐ中で、赤面する陽子の返事を聞く。勢いに任せてみたが、今さら大それたことをしてしまった気がして不本意にも心臓が暴れ出す。

初めて味わう背中をくすぐるような感触に、旅人ははにかんで笑った。

「――良かった」

生きている実感を得たのだ。


（つづく）

朝の寒気に身震いさせて、小野智子は目を覚ました。

昨夜、同じマンションに住む独身女性だけで結成された女子会の飲みに強制参加させられて、お隣の一つ年下の女性の部屋で飲み明かしたのだった。手狭な1DKではあられもない恰好《かっこう》をした二十代女子たちが死屍累々《ししるいるい》の様相で寝息を立てている。女性に幻想を抱く人にはお見せできない状況の中で、智子もまた、彼氏には絶対に見せられない酷い寝起き顔を起こした。

これから保育園で仕事がある智子は立ち上がり、自室に帰る。その際、「コンビニ行くならお茶とおにぎり～」と何人かが挙手してきたが、無視をした。翌日に仕事があるからと何度も断ったのに無理やり連れ出されたのだ、恨みこそあれそこまでしてやる義理はない。

そろそろ結婚を考えている智子を祝いたいと口々に言っていたが、絶対に嘘だった。仕事で忙しい彼氏が唯一時間を作れる週末に、示《そ》し合わせたかの如く頻繁に女子会を催しているところからして、智子の結婚を阻止しようとしているのが見え見えだ。脱会させまいという涙ぐましい努力である。いやはや女の友情は美しい。

部屋に帰ってシャワーを浴び、着替えと化粧を済ませたところで、いつもの起床時間よりも一時間早かったことに気がついた。このまま出勤しても一時間早く着いてしまう。

「……ま、いっか。ゆっくり行こ」

偶にはこういう日もある。出掛けに隣室の様子を確かめて、部屋主である女性にきちんとお礼と差し入れを渡した後、マンションを出た。

マンションから保育園までは車で十五分ほどの距離である。近くはあるが住所は隣町だ。車を持っていないので電車とバスを乗り継いで行く。それでも二十分程度で着いてしまうので、ゆっくりと言っても限度があった。

いつもと違って人通りも少ないため、悠々《ゆうゆう》として気分も落ち着いたが、それ以上に寒さが身に堪《こた》えた。早すぎる時間帯と人気が無くて寒々しい町の景色が相乗的に寒さを際立たせているようだ。ゆっくりとか言ってられない、さっさと園に着いちゃおうと歩みを速めた。

立ち止まる。園の前に男性が佇んでいたからだ。

ニット帽を深々と被っていて、スカジャンを着ていた。恰好からして若い印象を受けたが、太った胴体と肉付きのいい顔が年齢を判然とさせない。おまけにマスクをしていて輪郭《りんかく》もはっきりしない。

ぼうと突っ立って、園の中をじろじろと眺めている。

なんだか気味が悪い。智子は裏手に回り、裏口からこっそりと園の中に入った。鍵は職員が共通して知っている隠し場所に置いてあるので、そこから拝借した。

職員室から外を見ると、まだ男は居た。不意に智子と目が合うと、目だけで笑顔を表現した。思わず小さく悲鳴を漏らす。背筋がぞくりと震え、生理的な嫌悪感から目を逸らした。

再び窓の外に目を向けると、男の姿はもうそこには無かった。

出勤してきた山川陽子は、深刻な顔をして話し合っている保育士たちの輪の中に入っていく。

「おはようございます。どうかしたんですか？」

「あ、山川。おはよう。実はね、今朝、不審者を見て」

怯えた様子の智子先輩は珍しく、陽子は「不審者？」知らず身構えた。

「初めは単なる通りすがりだろうって思ったんだけど、ずっと園内を見渡していたの。

なんか恐くなっちゃって。そのことみんなに話したらさ」

「私たちも似たような人見掛けたことあるの。ここ最近頻繁に見るのよ。この辺りをふらついているんじゃないかしら」

次々に目撃談が語られる。陽子には正直思い当たる節《ふし》がない。何をもってして不審者と呼べるのか。結構個人的な感覚に依るところが大きいような気がする。

「あの、特徴を教えてもらえないでしょうか。皆さんが仰っているのは同一人物ですか？」

「たぶんね。わかりやすい体型してたから。見るからに太っちょで、顔も丸まってて、こう目が細くって」

「あと黒のニット帽にスカジャンよね。何かされたわけじゃないけれど、じっと園児を見ている姿にはぞっとしちゃうわ」

警察に言うべきどうか、園長先生に申告して判断を仰ぐということでまとまった。次々とやって来る園児たちを迎えに職員は一斉に外へ出て行った。

「山川？」

智子先輩は固まっている陽子に気づいた。陽子の目が不安げに揺れている。

「私も見ました。その人。それも、今朝」

特徴は完全に合致した。恰好まで一緒となると同一人物に違いない。

けれど、解せない点が一つだけあった。

「どうして家の前に居たんでしょうか？」

怪しい影が刻一刻と忍び寄っていた。

# あとがき

今回は「壊れる」をテーマにお送りしました。

テーマがテーマなだけに全体的に暗い雰囲気を漂わせることになってしまいました。ハートフルな小話がお好きな方、ごめんなさい。ブラックな旅人が盛りだくさんです。

壊れる、と聞けばそれは大抵望まない破壊を指すと思います。受身形ですし、少なくとも積極的に壊そうとはしていません。自然と、知らぬ間に、あるいは為す術無く、壊れる何か。気づいたときには取り返しがつかなくて、一度壊れた物は絶対に元通りにならず、取り替えるか作り直すしかないわけで、そんなとき人は途方もない虚無感に襲われることになります。もうどうでもいい、と投げ出したくもなるでしょう。失くすことよりも心には痛いはずです。だって、壊れた物はずっとそこに壊れたままであるのですから。

失くした物は目に付きませんが、壊れた物は目に付いてしまいます。有るだけで心を磨り減らす『壊れ物』。目だけで感覚を補っている旅人にはそこから目を逸らすことができません。きっと耐え難い苦痛だったはずです。性根が捻くれるのも無理からぬこと。暗黒面に落ちたってしょうがないわけです。（以上、本編の解説&ブラック旅人

大増量の言い訳でした）

とはいえ、旅人に限った話じゃなく、誰しも身に覚えがあると思います。理不尽にも日常を崩され、目に見える破壊の爪痕に心を痛め続けた経験が。大切なのはそこからどう立ち直っていくかということです。

一度壊れた物は元通りにはなりません。けれど、「再生」することはできるのです。何度でも。何度でも。

今巻を執筆するにあたり、取材に協力してくださいました中学校教諭のW氏には厚く御礼申し上げます。いろいろと参考になりました。今後もいろいろと参考にしますのでよろしくお願いします。担当編集の荒木《あらき》様、イラストレーターの煙楽《えんらく》様、デザイナーのT様、今巻でも大変お世話になりました。今後ともよろしくお願いします。

そしてそして、すべての読者の皆様には最上級の感謝を。

さあ次巻はいよいよクリスマス回に突入です。さらにお正月にバレンタインといった楽しいイベントも目白押しですので、是非ご期待くださいな。

２０１３年　春　山口幸三郎《やまぐちこうざぶろう》

## 山口幸三郎　著作リスト

探偵・日暮旅人の探し物（メディアワークス文庫）
探偵・日暮旅人の失くし物（同）
探偵・日暮旅人の忘れ物（同）
探偵・日暮旅人の贈り物（同）
探偵・日暮旅人の宝物（同）
探偵・日暮旅人の壊れ物（同）
神のまにまに！　～カグツチ様の神芝居～（電撃文庫）
神のまにまに！②　～咲姫様の神芝居～（同）
神のまにまに！③　～真曜お嬢様と神芝居～（同）
ハレルヤ・ヴァンプ（同）
ハレルヤ・ヴァンプⅡ（同）

本書は書き下ろしです。

◇◇メディアワークス文庫

# 探偵《たんてい》・日暮旅人《ひぐらしたびと》の壊《こわ》れ物《もの》

山口幸三郎《やまぐちこうざぶろう》

発行　2013年5月25日　初版発行
　　　2015年10月19日　3版発行

発行者　塚田正晃
発行所　株式会社KADOKAWA
　　　　〒102-8177　東京都千代田区富士見2-13-3
プロデュース　アスキー・メディアワークス
　　　　〒102-8584　東京都千代田区富士見1-8-19
　　　　電話03-5216-8399（編集）
　　　　電話03-3238-1854（営業）
装丁者　渡辺宏一（有限会社ニイナナニイゴオ）
印刷・製本　加藤製版印刷株式会社


ISBN978-4-04-891743-8 C0193

メディアワークス文庫　http://mwbunko.com/
株式会社KADOKAWA　http://www.kadokawa.co.jp/

本書に対するご意見、ご感想をお寄せください。

**あて先**
〒102-8584　東京都千代田区富士見1-8-19　アスキー・メディアワークス
メディアワークス文庫編集部
「山口幸三郎先生」係